KB058567

당신의 계절을 걸어요 _____

눈부신 순간과 아름다운 날을 지나

당신의 계절을 걸어요

청춘유리

쓰고 찍다

RHK
알에이치코리아

스물아홉. 스물도 아니고 서른도 아닌 것이 우리가 어디에 서 있는지 방황하기 딱 좋은 숫자다. 오지 않을 줄 알았는데 아무렇지 않게 여기까지 와버렸다. 누구나 그러하듯 나도 스물아홉쯤 되면 무언가 대단한 사람이 되어있을 것이라 생각했다. 인생의 고난쯤이야 알아서 해결하고 나와 맞지 않는 것은 잘 버릴 줄 아는 그런 사람. 어떤 인생을 살아가는 사람으로서 위대한 무언가를 이루고 있는, 스스로에게 자랑스러운 썩 괜찮은 사람 말이다.

서른을 목전에 둔, 스물아홉의 유월. 그간 날이 많이 더워졌다. 여름이 올라치면 방과 후에 친구들과 슬러시 한 잔을 사서 나눠 먹던 기억이 생생하다. 하복을 언제 입네 마네 하면서 세상에 이유 없는 불만도, 아무렇지 않은 행복도 많았던 시절. 눈 감으면 그 시절의 나와 다를 게 없는 삶 같다가도 결혼을 하고, 내 집에 앉아 그 십 년간의 이야기를 두드리고 있는 나를 보며 아무렇지 않게 어른이 되었다는 사실을 직감한다.

글을 쓰며 십 년 전의 내가 되었다가, 스물둘의 내가 되었다가 그제의 내가 되기도 했다. 나와 과거를 가장 진한 기억으로 연결시켜주는 유일한 행위다. 그러면서 잊었던 마음을 하나둘 찾아온다. 잔뜩 맛있게 버무려져 있는 기억들이거나 또 희미해서 묻혀버리기도 하지만 돌이켜보면 그 어느 것 하나도 쉽게 이루어온 것들이 없었다.

위대한 무언가가 되지는 않았지만 그래도 적절한 마음을 가진 어른이 되었다. 내 인생에 있어서의 우선순위는 무엇인지, 어떠한 가치관을 가진 사람인지. 또 어떤 일을 사랑하고, 어떤 삶을 살아가고 싶은지. 여행이, 아니 여행을 다니며 만났던 세상이 알려준 게 있다면 이런 것들이다. 눈에 보이는 것이 아닌 보이지 않는 것들을 소중하게 대하는 일. 우울과 슬픔의 감정을 인정하고 사랑하는 일. 선명하지 않아 손에 쥘 수 없어도, 한 인생의 주인공으로서 가장 중요한 그 마음 말이다.

나는 지금도 여전히 마음속에 쓸모없는 고민을 담아두기도 하고, 일어나지도 않을 일로 속상해하기도 한다. 하나를 채우기 위해 하나를 버려야 한다는 것이 응당 인생의 이치인 걸 알면서도 잘 해내지 못한다. 머리로는 알면서 마음으로는 다 알 수 없는 것이 삶의 연속이다. 그러나 서툴게 반복되는 부족함을 채워 결국 우리는 어른이 된다.

이 글은 그런 내가 만났던 세상의 이야기다. 멋진 여행이 될 것이라고 믿었지만 세상에 멋진 여행이라는 것은 없다는 사실을 알아버린 이야기. 그러나 훗날 돌아오는 그 시간의 엄청난 힘에 대한 이야기. 내가 닿았던 땅과 바다를 기억해내는, 그곳에서 만난 아름다운 사람들의 이야기. 행복이란 크고 화려한 것에서 오는 줄 알았으나, 아무것도 아닌 것에서 만나버린 세상 이야기. 그래서 썩 아무것도 아닌 우리는 본디 고귀하고, 위대하다는 이야기.

내가 만난 여행처럼, 내가 살아갈 인생도 그렇게 되리라 믿는다. 이 책에 실린 시공간을 넘나드는 불친절한 일기 같은 글들이 가끔은 기억의 왜곡과 감정의 잔재들로 하여금 유별난 감정을 드러낼지도 모르겠지만 아직 붉어져가고 있는 한 여행자, 한 사람의 이야기로 읽혀지면 좋겠다. 마음의 치유는 공감으로부터 시작된다고 했다. 그렇게 나는, 당신과 여물어가는 일을 함께하고 싶다.

목
차

추억을
떠올리는 일 ─────

　여행지에 도착한 날은 욕심 없이 쉬는 편인데, 오래도록 그리워했던 부다페스트의 밤만큼은 보고 싶어 참을 수가 없었다. 언젠가 나는 홀로 이 거리를 걸었고, 걸어가는 엄마의 뒷모습을 보았으며, 저기 보이는 계단에 앉아 동생과 사진도 찍었다. 늦가을에 찾아왔던 이곳에서의 부산스러움은 많이 잦아든 듯했다.

　엄마와 나의 시간이 여전히 머물러 있는 그 밤, 그녀가 그렇게 좋아하던 노래 〈글루미 선데이〉를 들었다. 엄마 생각이 많이 났다. 행복한 눈물이었다. 그 시절 이곳에서 연락을 주고받았던 그와는 결혼을 했다. 함께였다. 우리가 만나기 시작했던 그 풋풋한 가을이 이곳에 남아있었다고, 여전히 아름다운 것들이 이야기했다.

사랑하기 좋은 밤, 시간은 흘러 여러 계절의 내가 서 있었다. 조금만 더 시간이 주어지면 좋겠다고 생각했다. 욕심인 걸 알면서도.

귀여운 시절 _____

　　인도네시아 길리에서의 이야기다. 우리는 함께 초콜릿 시럽이 듬뿍 뿌려진 바나나 팬케이크를 먹고, 밤새 물린 모기에 대해 이야기를 나눴다. 그리고 나는 조심히 다녀오라며 당신을 안아주고는 우리의 방 105호로 돌아왔다. 당신이 스쿠버다이빙을 하러 간 이른 아침 7시, 나는 아침 바다 산책을 할까, 아니면 잠을 조금 더 잘까 하다가 이곳에서 얼마 남지 않은 시간이 아까워, 에어컨이 없는 105호 앞 의자에 앉아 옆집 닭 소리를 듣기로 한다.

　　영화 같은 장면들이 내 눈앞에서 일렁거리는 이곳에서 우리가 함

께 있다는 사실이 아직도 믿기 힘든 아침이다. 내 키의 다섯 배 정도 되는 큰 야자수가 흔들리며 자꾸만 보고 싶을 소리를 낸다. 이 모든 것이 그리워 어떻게 살아가라고 이런 장면들을 자아내는 걸까. 그만 아름다워야 할 텐데. 해가 지는 길리의 6시, 나는 심장이 멈춘 듯 한참 동안 한곳을 바라보았다. 숨이 턱 하고 막힐 듯한 풍경은 자꾸만 눈물이 나게 한다. 주책바가지 같지만 한 치의 거짓도 없는 감정이었다. 모든 것이 흘러 지나간다. 마법 같은 이 시간들을 데리고, 해를 따라, 우리의 기억 속으로.

시간이 흐르고 바람이 많은 것을 가져간다고 하더라도, 우리 지금 함께하는 이 밤은 절대 잊지 않기로 약속하자. 어제 저녁, 바닷바람이 불고 시샤 연기가 흩날리는 그곳에서 느낀 우리만의 숨소리를 잊지 않기로 하자. 참 고마운 당신에게, 나는 오늘도 글로 모든 걸 전한다. 부끄러워서.

— 2015년 여름, 원유리의 일기

길리에서의 마지막 날, 그리고 한국으로 돌아오는 날까지 당신과 떨어져 지내는 게 싫어 한동안 여행을 시작한 두 달 전으로 돌아갔으면 하고 눈을 감았던 순간들이 많았다. 내가 길리의 해 질 녘을 사랑했던 것만큼이나 당신과 오래도록 함께하고 싶었다.

그로부터 3년이 흘렀다. 이제는 안다. 밤새 우리를 괴롭힌 건 모기가 아니라 베드버그였다는 것. 당신이 나를 안아주고 나간 날, 당신은 물속에서 아기 상어를 보았다는 것. 나의 스쿠버다이빙 실력은 어느덧 당신을 따라 나갈 정도가 되었다는 것. 그 시절의 우리는 길리를 너무 사랑했고, 그래서 다시 가볼 엄두가 아직 나지 않는다는 것.

모든 기억은 어설프며, 완벽하지 못하다. 그 덕분에 어여쁜 모습으로만 간직된다. 분명 저 순간에도 여러 수더분한 감정들이 있었을 텐데, 돌이켜보니 행복해 죽기 일보 직전의 사람처럼 보이기도 한다. 어쩌면 저 순간의 감정을 지금의 내가 온전히 이해하지 못할지도 모르겠다. 저 때만큼의 마음을 가지지 못했기 때문이려나. 내가 조금 때가 탔다고 해둬야겠다.

옷을 벗어 던진 채 가벼운 수영복만 입고 자전거를 타던 시간, 엉덩이가 아플 때쯤 도착하는 거북이 포인트라는 이름을 가진 식당에 앉아 아침을 먹던 일, 당신의 손을 잡고 처음으로 바다에 뛰어들던 순간은 절대 잊지 못할 것 같다. 불어오는 바람에 젖은 머리를 말리면서도 그게 뭐라고 웃음이 만연했던, 거짓말처럼 말갛던 우리의 사랑까지.

지금 생각해보니, 이 모든 것들이 꿈 같구나.

노래를
들으며 _____

때가 탄 이어폰을 귀에 꽂고, 재생 버튼을 눌렀다. 이내 어둡던 세상은 파도처럼, 강물처럼 흐르기 시작했다. 얼마 지나지 않아 내 마음도 같이 넘실댔다. 이어폰 바깥의 세상은 중요치 않았다. 차갑고 딱딱한 지하철을 지나, 학교 담장을 넘어, 더 깊은 곳으로 마음이 달렸다. 무거운 두 눈을 감고 내가 놓인 현재를 잠시 떠나 다른 세상으로, 칙칙한 건물들이 일그러져 오색 빛을 내는 세상으로. 내 우주는 온 거품을 머금은 듯 부드러이, 조용히, 고요해졌다.

홀로 여행을 다니는 동안 노래는 내게 필수적인 존재였다. 가끔

은 넘실대는 감정을 주체하지 못하고 쏟아내버리기도 하지만, 그러고 나면 마음이 한결 나아지는 기분이었다. 일상을 살며 보살피려고 하지 않던 내 감정들이 온몸을 돌아다니며 그제야 살아있다고 이야기하는 듯했다. 비가 내리는 더블린 한 공원에 누워 듣던 라쎄린드의 〈Fix Your Heart〉, 스톡홀름 한 골목의 노란 계단에 앉아 듣던 레이첼 야마가타의 〈Duet〉, 여행 욕구가 마구 가슴을 치던 날, 비행기가 보이는 곳에 차를 세워 두고 한없이 반복 재생을 눌렀던 존 레전드의 〈All Of Me〉.

시간이 흐르고 이 노래를 다시 듣는 날에는 그때의 감정이 주체할 수 없이 흘러 들어온다. 고작 작은 순간들에 멈춰 있는 흔들린 기억들일 뿐인데. 이 불완전한 것은, 눈에 보이고 쥘 수 있는 완전한 것들보다 완벽한 과거의 기억을 상기시키곤 했다. 그래서 가끔, 마음이 많이 흔들리거나 혹은 첫눈이 내리는 날에는 그 시절의 노래를 듣는다. 그리움과 우울이 함께 뒤섞인, 차분하고 먹먹한 감정으로 내일을 살아갈 힘을 얻는다.

의심스러운
여행자 ──────

"여행을 많이 다니시니, 언어도 정말 잘하시겠네요. 몇 개 국어나
하세요?"
"0개 국어입니다. 0개 국어."

우스갯소리로 대답하기 일쑤인 나다. 영어도 반쯤, 일본어도 반
쯤만 구사할 수 있다. 그 외의 언어는 기초 인사 정도가 고작이다. 내
가 이리저리 여행하는 것을 보며, 당연지사 영어도 현지인처럼 잘할
것이라고 생각하는 경우가 많다. 나 역시 예전에 다른 여행자들을 보
며 그렇게 생각했었으니 말이다. 하지만 나의 경우는 절대 그렇지 않

다. 솔직히 말하면, 첫 여행을 떠날 땐 'Yes', 'No', 'How are you?' 등의 간단한 문장밖에 구사할 줄 모르는 영어 왕초보 수준이었기에, 꽤나 재미난 일들도 많았다. (지금이야 재밌지, 그땐 정말로 서러웠다.)

1년간의 여행을 위해 아일랜드에 도착했을 때, 큰 짐을 가진 나는 세관 검사에 걸렸다. 세관원은 나에게 계속 무언가를 말했지만, 내가 알아들을 리 만무했다. 그러다 웃는 사람 얼굴에 침 못 뱉는다는 말이 생각나 웃으며 "Yes"를 외치기 시작했다. 그 당시 영국이나 아일랜드가 입국 심사와 세관 검사가 까다롭다는 이야기를 많이 들었기 때문이다.

"Y~es", "Ye~s!", "Y!es!"

내 발음이 이상하게 들릴까 싶어 여러 느낌을 담아 "Yes"를 웅얼거렸다. 그랬더니 직원의 표정은 찌그러졌고, 나는 그때부터 다시 선량한 얼굴로 "No, no"를 외치기 시작했다. 이상하고도 수상한 사람이라고 생각했을 것이다. 결국 여러 명의 공항 직원들이 와서 나의 큰 가방을 하나부터 열까지 샅샅이 뒤졌다. 막대기로 여기저기 휘젓더니, 가방을 기계에 넣고 빼기를 여러 번 반복했다. 굉장히 무서웠지만, 나는 인상 좋게 보이는 얼굴을 유지하려고 애썼다. 몇 번이고 확

인 작업이 이루어진 뒤 내 가방에 문제가 없다는 결론이 내려졌고, 그제야 공항 직원들은 나를 보내주었다. 물건을 다시 주섬주섬 주워 담고서 씁쓸하게 공항을 나왔다. 집에서 짐을 쌀 때까지만 해도 긴 여행을 떠난다며 무척이나 행복해했는데, 며칠 만에 아일랜드 공항에서 의심의 눈초리에 둘러싸인 채 쪼그리고 앉아 또 짐을 싸고 있게 될 줄이야. 역시나 인생은 모를 일이다. 휴, 영어를 하지 못하는 게 처음으로 야속했다. 서러웠다. 그들이 보내는 의심스러운 눈빛, 약간의 비웃음이 담긴 입꼬리. 그 세심한 얼굴 근육의 움직임들이 영어를 배우겠다는 열망을 불러일으켰다. 그날 이후, 영어 공부를 하겠다며 영어 공부계의 탑 기초서《Gramma in use》를 펴고 백날 들여다봤지만 1년간 2챕터를 넘기지 못했다. 그래, 역시 영어는 실전이지.

공항 직원들의 말을 지금 다시 추측해보면, 가방에 뭐가 들었는지 묻는 질문에 "Yes"를 외쳤고, 무언가를 운반하려고 하는 것인지에 대한 물음에도 "Yes"를 외쳤을 것이다. 가방을 열어도 되겠냐는 말에는 "No"를 여러 번 외쳤던 것이고. 신고서에 나와있는 기본 문장도 알아듣지 못했던 것이다.

지금도 여전히 영어 실력은 서툴다. 딱, 먹고살 만큼만 구사한다. 영어를 완벽하게 이해하기보다는 눈치로 이해하는 게 절반은 되는 것 같다. 영어가 아니라 눈치만 잔뜩 는 게 아닌가 싶다. 영어는 조금 더 원활한 의사 전달을 위한 하나의 방법일 뿐. 대개 언어는 할 줄 알면 편하고, 그렇지 않으면 불편한 것일 뿐이다. 그러니 언어를 잘한다고 여행이 내 뜻대로 잘 풀리는 것도 아니고, 언어를 못한다고 여행이 불가능한 것도 아니다. 다들 알다시피 손짓과 발짓으로 완성되는 바디랭귀지로 의사소통하는 것이 더 빠르고 편리하지 않은가. 짧은 영어에 바디랭귀지가 더해지면 그보다 더 완벽한 언어는 없다고, 확신한다.

여담이지만, 이후에 아일랜드 공항에서 일어난 또 다른 일. 알이 없는 안경을 꼈는데, 얼굴을 위조하려고 한 것이 아니냐는 의심을 받았다. 패션 아이템이라고 설명했지만, 그들은 시력이 나쁘지 않은데 알이 없는 안경을 끼고 다니는 게 도통 이해가 되지 않았던 것이다. 그래서 나는 비행기에서 내리면 안경과 모자는 무조건 벗는다.

자연 아래,
작은 점 _____

무슨 말이 더 필요할까.

만약 먼 훗날에 내가 몸이 아프게 된다면,
꼭 이곳에 와서 숨을 한번 크게 쉬어야겠다고 생각했다.

이곳이라면,
가장 절실한 순간에
내 모든 것이 용서될 것만 같았다.

세상이 선사하는 마지막 선물일지도 모르는 이 자연을,
가득 안고 잠들고 싶다.

저마다의
시간을 찾아서 _____

인생을 안다고 하기에는 조금 풋풋한 시절이지만, 열일곱 시절의 내 인생과 지금의 내 인생은 크게 달라진 것이 없다. 성장하며 여러 군데 흠집이 나긴 했지만, 그때처럼 지금도 비슷한 성향과 가치관으로 살아가고 있다. 삶을 대할 때의 순수함, 즉 내 인생이 꽤나 찬란할 것이라는 믿음은 여전하다.

가끔은 지금처럼 여행을 하며 사는 삶이 불안한 순간들이 닥치기도 하지만 그래서 뭐, 끝에 아무것도 없으면, 아무렴 어떤가 싶다. 안정적이지 않기에 자유로울 수도 있지 않은가 하고 합리화한다. 그래서 누군가가 내 인생에 대해 실패한 것이라고 단정을 지어도 두려울 게 없다. 세상은 결코, 실패가 두려운 것이라고 가르치지 않았으니.

인간에게는 저마다의 시간이 존재한다. 가끔은 넘어지기도, 출구 없는 길 위를 방황하기도 하지만 그런대로 각자의 결승점 어딘가에 잘 도착하게 될 것이다. 그게 훌륭한 골인이 아니어도 큰 상관이 없다. 나이가 든다고 모든 것이 선명해지지 않는다고 들었다. 언젠가 온전히 나에게 집중할 때에 비로소, 내 발이 닿는 모든 것으로부터의 길은 선명해질 것이다. 걸음마다 살랑이는 봄의 환희처럼, 그렇게.

블루홀에서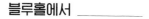

"유리야, 이건 정말인데, 신이 세상에서 아름다운 것들의 70%를
바닷속에 숨겨 놓았대."

블루홀에 처음 들어가던 날, 신의 마음을 조금은 이해할 수 있을
것 같았다. 내 작은 몸을 넓은 바다에 맡기고, 용기와 결심이라는 단
단한 감정을 끌어안고 뛰어든 바다 아래, 세상에서 가장 고요한 곳이
거기에 있었다.

준비 호흡 다섯 번, 마지막 호흡은 내가 들이마실 수 있는 가장

큰 숨으로 힘껏 채운다. 그 숨 하나를 가진 채 스스로를 믿고 온전히 바다 아래로 몸을 데려간다. 적막한 바다의 땅으로 내려갈수록 정리되지 않던 무수한 감정은 하나둘, 흑백으로 변하기 시작했다. 처음 느낀 바깥세상으로부터의 탈출이었다. 숨을 쉴 수도, 소리를 들을 수도, 앞을 제대로 볼 수도 없는 시간. 모든 행동의 제약이 있던 순간, 비로소 내 몸은 자유가 된 것 같았다. 내가 그동안 너무 많은 것을 보고, 듣고, 생각하며 살았구나, 이내 나의 시끄러운 마음이 적막해졌다. 적막은 고요를 불러왔고, 고요는 곧 평화가 되었다.

　다시 세상으로 올라가는 그 길에서, 나는 흔들리는 하늘과 바다 사이 얇은 경계로부터 가장 반짝이는 빛을 보았다. 이유 없이 바다에 가지고 있던 막연한 두려움이 황홀함으로 변하는 순간, 그 얇은 경계 하나로 말이다.

지나고 나면,
별일 아닌 것들에 대해 _____

중학생 때였나, 이가 아파 치과에 갔는데 몇 개의 충치 치료에 250만 원의 비용이 든다고 했다. 간호사 선생님의 말을 듣고 아빠에게 전화를 했다. 내 이가 너무 많이 썩었다고, 양치질을 게을리하지 않았는데 내 이가 이렇게 되어버렸다고, 이렇게 열심히 양치질을 해도 썩을 거라면 차라리 이를 다 뽑고 틀니를 하고 싶다는 말까지 했었다. 어린 나에게 250만 원이라는 돈은 가늠도 되지 않는 큰 금액이었기에, 썩은 이 몇 개 때문에 버스 정류장에서 펑펑 울었던 기억이 생생하다. 그날 이후로 2주간은 하루 3번, 밥 먹고 나서 3분이 지나기 전에, 3분 동안 정말 열심히 양치질을 했다. 내 인생에서 가장 열심히

양치질을 한 시절이었다.

그때 받은 충격에 치아 관리를 잘한 덕분인지, 나는 어른이 되어서도 치아에 큰돈 들일 일이 없었다. 여행을 다니면서 치과 치료 때문에 힘들어하거나, 한국으로 돌아간 몇몇의 여행자들을 만난 적이 있는데 다행히 나는 그런 이유로 고생한 적은 없었다. 훗날 이렇게나마 도움이 될지도 모르고, 그땐 그게 뭐라고 오래 살지도 않은 내 인생을 한탄하며 버스를 3번이나 떠나보냈던 게, 지금 생각해보니 조금 귀엽다. (다시 돌아간다고 해도 분명 나는 버스 정류장에서 울었을 테지만.)

지나고 나니, 한낱 부는 바람에 같이 흘러가 버릴 일들이 많다. 눈물을 그렇게 많이 흘릴 일도 아니었고, 버스를 3개나 보낼 필요는 더더욱 없었다. 때로는 마음 아팠던 날들이 더 좋은 에너지가 되어 돌아온다는 사실도 알았다. 지금도 여전히 내가 겪는 아픔들에 잠을 이루지 못하는 밤들이 여럿 있지만, 훗날에는 그런 일이 있었지 하고 그 밤을 귀엽게 여기게 될 날이 올 거라고, 그렇게 믿는다.

그러니 봄바람처럼 지나가면 잊혀질 일에 너무 마음 아파하지 않아야겠다. 마음에 품고 살, 더 소중한 것들이 많으니.

About our space _____

사랑하는 이와 여행하는 것이
어떠냐고 물어본다면

나는 그와 나 사이의 아름다운 공간,
언제든지 열어볼 수 있는 우리 둘만의
비밀스러운 공간이 생겼다고 이야기하겠다.

인도에서의
첫 화장실 _____

정수리가 떨릴 정도로 혼란스러운 향이었다. 입으로 숨을 쉬면 입 안에 암모니아 맛이 느껴질 정도였으니. 그러나 나는 당장 화장실에 가야 했고, 이내 직감했다. 내 몸의 미세한 떨림은 더 이상 냄새 따위를 고민할 여력이 없다는 사실을 알려주고 있었다. 긴박했다. 피하고 말고 할 것도 없었다. 휴지로 코를 막으면 촘촘한 휴지 사이로 향이 옅게 새어 들어오고, 코와 입을 막으면 머리끝으로 달큼한 향이 퍼지는 듯했다.

처음으로 인도에서 화장실을 다녀온 나의 후기다. 냄새라면 누구보다 민감해서, 처음 화장실을 다녀온 후에는 앞으로 어떻게 해야 할지 밤새 고민했었다. 그래도 인간은 역시 적응의 동물이라고, 인도에 머문 지 한 달 즈음이 지나니 알 것 같았다. 냄새는 냄새일 뿐, 한 번 냄새를 맡고 나면 다음 냄새는 아무것도 아니라는 것. 미워한다고 사라질 향도 아니지 않던가. 그다음부터는 이렇게 생각했다. 아, 이 향을 담아 갈 수만 있다면 인도가 그리울 때마다 꺼내어 맡아볼 텐데.

행복을 만드는 사나이 ─────────

파키스탄 훈자 마을의 한 가게 주인 할아버지에 대한 이야기, 혹은 행복의 또 다른 이야기다. 주기적으로 훈자 마을에 간다는 여행자 S는 내게 차이 집 한 곳을 자신 있게 소개했다. 진짜 차이를 맛있게 하는 집은 여기밖에 없다면서. 분명 환한 낮이었지만, 가게 안은 어두웠다. 이내 서늘한 기운이 감돌았다.

'열려있는 것 맞아?'

어둠 사이로 빛나는 작은 촛불, 코끝에 닿은 달콤쌉쌀한 차이의 향.

조심스레 가게 안으로 들어섰다. 누구도 앉을 수 없을 것 같았지만 막상 앉으니 6명은 거뜬히 앉을 수 있던, 아담한 나무 의자에 자리를 잡았다.

"안녕하세요!"

70대로 보이는 할아버지께서 다짜고짜 내 손을 잡으며 한국어로 반갑게 인사를 하셨다. 이후 영어로 한국을 사랑하고, 한국 사람이 너무 좋다는 말을 더하셨다. 오랜만에 가족이라도 만난 듯 즐거운 모습이었다. 그 말이 거짓이 아니었던 것이, 가게로 들어서는 입구에 사진이 여러 장 붙어있었는데 그 사진 속에는 몇몇의 한국 여행자들의 웃는 얼굴이 담겨있었다. 들어오고 나갈 때 제일 잘 보이는 곳에 말이다. 할아버지는 그 여행자들의 이름을 한 명 한 명 말해주시며, 그때의 일들을 전해주셨다. 어찌나 행복해보이던지. 그들의 시간에 들어갈 수는 없었으나, 분명 즐거운 기억이었을 것이다.

할아버지는 전통 방식으로 차이를 만들기 시작했다. 매일 에스프레소를 내리는 기계 앞에서 테이크아웃 커피를 기다리기만 해봤지, 이렇게 하나부터 열까지 정성이 들어간 차는 처음이라 내심 설레기도 했다. 차이를 만드는 할아버지의 모습이 한 폭의 그림 같아, 오래도록 바라보고 있었다.

할아버지가 만들어주신 차이는 사실, 딱 내가 알던 그 차이 맛이
었다. 달콤하고 쌉쌀하고, 설탕 양을 조절하지 못하면 너무 달아져 자
판기 율무차 맛과 비스무리하게 되어버리는, 생각보다 빨리 식어 뜨
거울 때 먹어야 제맛인 맛. 어쨌거나 할아버지의 정성 덕분에 특별했
던 차이를 단숨에 마시고서, 우리는 더위도 조금 식혔겠다, 자리에서
일어섰다. 계산을 하려는데 할아버지가 손사래를 치신다. 차이 한 잔
의 값은 고작 100원도 되지 않는데 말이다. 우리가 계속 돈을 드리려
고 하자, 할아버지가 말씀하셨다.

"내가 100원짜리 차를 파는 일을 하지만, 100원짜리 마음을 가진
사람은 아니야. 내가 만든 차를 너무 맛있게 먹는 모습만으로도
난 그 이상의 행복을 느꼈어. 맛있게 먹어줘서 고마워. 그러니, 오
늘은 그냥 가도 돼."

다시 우리가 이곳에 오면 꼭 계산하게 해달라는 말을 남기고서
가게를 빠져나왔다. 그때 할아버지의 마음이 너무 인상 깊어, 휴대폰
메모장에 그대로 적어놓았다. 100원짜리 차를 파는 사람이지만, 마음
만은 부자라 하시던 그 말. 짧은 영어 단어와 호탕한 웃음으로 자신의

진심을 표현하시던 할아버지의 모습이, 여전히 마음에 맴돈다. 가게를 빠져나오며 이 차이 집을 소개한 S가 말했다. 할아버지는 가끔 좋은 손님들이 오면 저렇게 직접 차이를 대접해주시곤 한다고, 그것이 할아버지의 행복 중에 하나일지도 모른다고 말이다.

이 세상을 살아가는 이들에게, 행복이란 과연 무엇일까. 어떻게 존재하고, 또 어떻게 사라져갈까. 어떤 모양과 색으로 우리는 그것을 품고 살고 있을까. 어쩌면 여러 방식의 크고 작은 행복이 있었다는 사실을 망각한 채 살고 있었다는 생각이 든다. 그날 차이 집 할아버지로 인해 행복의 다른 방식을 하나 더 배웠다. 나로 인해 누군가의 삶에 좋은 기억을 남기는 일. 아무나 가질 수 없고, 쉽게 내어줄 수 없는 행복일 것이다.

유월의 훈자 _____

녹음이 가득해 온 세상이 푸르다. 가끔 길에 떨어진 살구를 주워 먹는 맛이 좋았다. 잘 익은 살구를 탈탈 털어 한입 베어 물면, 훈자와 조금 더 가까워지는 느낌이었다.

체리를 한가득 사서 집에 오는 길에 만난 사람들이 내가 체리를 먹는 걸 보고 집에 있는 체리를 한 봉지 가져와 건네고, 그 모습을 옆집 사람이 보더니 이번엔 살구 한 봉지 내어주던 곳. 괜찮다고 하면 그저 싱긋, 하고 웃어버린다. 손바닥을 보이며 가져가서 맛있게 먹으라는 손짓을 하면서 말이다. 그 사람들의 미소, 그 사람들이 사는 집, 그 사람들의 눈빛, 그날의 온도가 생각났다. 그 순간만 생각하면 또 가고 싶어 발가락이 근질근질해 미치겠다. 가는 길이 너무 오래 걸리고 또 험해서 두 번 욕심을 못 내겠기에 더 간절하다.

2,500m가 넘는 고산 지대, 숨겨진 마지막 파라다이스라는 말이 궁금해 오게 된 곳, 훈자. 오는 데 일주일이 걸렸다. 멀리도 왔다. 건조한 탓에 계속 코피가 났고 발뒤꿈치는 까칠해졌다. 숙소는 이미 만실이었다. 어렵사리 구한 2인실에 4명이 머물렀다. 따뜻한 물은 사치, 불순물이 없는 맑은 물은 종종 모습을 비췄다. 손가락이 얼어버릴 듯한 빙하 물로 머리를 감고 드라이기를 켜면 숙소 전체가 정전이 되어버리는 곳이었다. 그렇게 밤이 오면 코를 휴지로 틀어막은 채 마당으로 나오곤 했다. 새까만 마을, 그 위로 촘촘히 박힌 별들. 작고 여린 것들이 반짝였다. 우주 같았다. 그제야 내가 멀리 떠나온 것이 느껴졌다.

싱긋 웃던 사람들은 잘 살고 있을까. 흙길을 뛰어다니던 이름 모를 앞집 아이들은 건강히 컸을까. 체리 한 봉지를 사면 여전히 3kg씩이나 담아 주실까. 다시 가도 이 느낌이 변하지 않을까. 아니, 다시 닿을 수는 있을까. 마을에 존재하는 모든 호의가 따뜻했던 초여름의 훈자를 생각하면 꿈 같다. 먼 길을 떠났던 내가, 일주일을 씻지 못해도 파수의 산맥을 보고 환호를 내질렀던 그 순간이, 거짓은 아니었을까 가끔 생각한다.

식곤증 _____

　페루에서 한국으로 돌아오는 비행기. 옆자리에 '외국인'이라는 한글이 적힌 모자를 쓴 한 남성이 앉았다. 다리가 길어 좁은 비행기의 좌석이 너무나도 불편해보였지만, 머리 위 모자는 어찌 저리 앙증맞을 수 있을까.

　"Wow! 외국인! What an amazing cap.(엄청난 모자네요.)"
　"네, 대박이죠. 저도 이 모자 좋아해요."

　푸른 눈동자를 가진 그의 입에서 '대박'이라는 단어가 나올 줄이야. 내 두 눈은 휘둥그레졌다. 한국말을 어쩜 그렇게 잘하는지 물었다. 대부분의 외국인들은 한국 문화를 좋아한다거나, 한국 음식을 좋아한다거나, 가장 흔하게는 케이 팝을 좋아한다고 한다. 하지만 그는 특이하게도 한국어가 좋다고 말했다. 특히 그는 식곤증이라는 말을 좋아하는데, 분명 밥을 먹고 피곤해지거나 잠이 오는 증상들이 있어서 표현을 하고 싶지만 이를 표현하는 영어 단어가 없어서 늘 답답했다고 했다. 이처럼 영어 단어로는 표현할 수 없는 것이 한국어에는 무조건 존재한다며, 그래서 한국어를 사랑한다고 말했다. 그것도 정확히 한국말로 말이다.

괜히, 자랑스러운 기분이 들었다. 내 나라의 말을 이렇게나 사랑해주는 이방인을 만날 줄이야. 그것도 이 머나먼 땅, 페루에서.

요란한 감정들 _____

호들갑스러웠다며 조금 멋쩍어져도 좋을 감정을 느끼고 있다.

오래도록 품어온, 열렬한 갈증이다.
긴 시간 염원한, 바람이 부는 푸른 대지 위에 서 있다.

오늘이 아무것도 아닌 것처럼 바스라져도 괜찮다.
훗날 어렴풋이 꿈에서라도 이날을 만나면 좋겠다.
나에게 꽤나 솔직했던 하루가 거기에 있었다고 말해줄 텐데.

우리는 스위스 피르스트에서 마지막으로 내려온 손님이었다. 아름다운 오후였다. 그림 같은 집들을 배경 삼아 바람을 맞으며 산길을 내려왔다. 해가 저물어감에 따라 풀들의 색도 시시각각 변해갔다. 바람결에 풀들은 춤을 췄다. 그 장관을 보려고, 그 움직임을 알아차리려고 나는 내려가다 말고 몇 번이나 뒤를 돌아보았다. 등에도 눈이 있다면 좋겠다고 생각했다.

여행 중에는 가끔 글이나 사진으로 표현할 수 없는 감정을 만나게 된다. 자유와 방랑 사이의 어딘가, 현실의 부재를 채우는 낭만. 가지고 있던 고민들이 부스러기처럼 작아지는, 내가 이 장면 속에 담겨있다는 사실만으로도 모든 것이 용서가 되는 순간. 그래서 여행을 한다. 가끔 만나는 이 푸른 감정들 때문에.

나는 마음껏 기뻐하고, 슬퍼할 거예요. 이런 날 보고 사람들은 감상적이라느니, 감정을 조절하지 못하고 표현한다고 수군거리겠지만 나는 삶이 주는 기쁨과 슬픔, 그 모든 것을, 아무리 작은 것이라 해도 마음껏 느끼고 표현하고 싶어요.

-《빨강머리 앤이 하는 말》중에서

사랑 _____

집 앞으로 마실 나갔던 어제의 나는,

그 다리에서 사랑을 보았다.

출국 전 세 시간 ──────

짐을 싼다. 출국이 몇 시간도 채 남지 않았다. 거울을 한번 보고 내일이면 또다시 떠나는 나를 마주하며, 스스로 응원 한번 해주고선 배낭을 꺼낸다. 이전 여행의 때가 스며들어 있다. 냄새가 배었다. 집으로 돌아와 다시는 꺼내지 않을 것처럼 서둘러 배낭을 넣어두었다가, 새삼 다시 배낭을 보고 있으니 느낌이 묘하다. 우리는 다시 함께할 운명이니 물티슈로 슥슥, 닦고 차곡차곡 짐을 쌓는다. 10kg는 금세 찬다.

"이것도 넣고, 아, 저것도 가져가야지. 아, 그럼 이건?"

생각보다 가져갈 것은 훨씬 많다. 실은 전부 내 욕심인데 말이다. 짐을 하나 빼면, 배낭이 가벼워짐과 동시에 내 마음도 가벼워지는 법인데, 이 사실을 안 지 꽤 오래되었음에도 짐을 비우는 일은 어렵다. 여행 가방의 짐을 줄이는 일은 인생에서 무언가를 내려놓는 일만큼이나 어려운 일이다.

일주일이나 걸리던 짐 싸는 일이 요즘에는 단 30분이면 충분하다. 20분이 걸리지 않을 때도 있다. 그렇게 잘 쌓아 올린 배낭을 옷장 앞에 잘 세워두고 알람을 맞춘다. 쉽사리 잠들지 못할 것을 알지만 그래도 누워본다. 설레던 마음은 다 어디로 갔을까. 어느덧 두려움도, 설렘도 사라진 무덤덤한 마음만이 맴돈다.

무거운 눈꺼풀로, 굳은 어깨 근육 위로 배낭을 메고 집을 나선다. 공항버스에 오르고, 나는 두 번째 밤을 맞이한다. 제일 깊고, 묘한 순간이다. 덤덤함이 곧 설렘이고, 이 덤덤함으로 두려움을 이겨낸다. 매번 가는 공항이지만, 매번 이렇게 다른 느낌이 든다. 나는 그렇게 다시, 여행을 떠난다.

그와의 평생을
약속한 이유 ————

장대비가 내렸다. 여름에만 길이 열린다는 북인도에 가기 위해 우리는 8시간째 버스에 앉아있었다. 와가보더(파키스탄과 인도의 국경)에서부터 조금씩 아리던 내 무릎은 엄청난 통증으로 휩싸였고, 결국 눈물을 머금고 맥간을 맞이해야만 했다. 맥간에 도착했을 때는 버스 계단을 내려오지도 못할 만큼 상태가 심각해졌다. 결국 나는 오빠의 등에 업혀 간이식당 의자에 앉혀졌다. 오빠는 물을 하나 사서 배낭에 든 진통제를 찾아 건네고는, 숙소를 알아보러 떠났다. 그 장대비가 쏟아지던 밤에 말이다.

암리차르에서부터 버스를 같이 타고 온 영국인 커플은 내리자마자 누군가에게 전화를 하고서는 이내 내가 앉아있는 간이식당에서 짜파티와 차이를 먹었다. 서로 먹여도 주고 입에 묻은 것도 떼어주면서. 그 모습을 보고 있자니, 왠지 슬퍼졌다. 내 무릎이 아프지만 않았다면 나도 오빠가 주는 거 다 먹을 수 있는데, 입에 묻은 음식 하루 종일도 떼어줄 수 있는데. 3분 거리도 채 되지 않은 거리를 걷지 못한다는 사실에 서럽기 짝이 없었다. 왜 나는 이토록 고생을 사서 하고 있는 건지, 도대체 내가 이 여행에서 무엇을 얻고자 했던 건지, 억울하다 못해 분해서 조금 울었다.

비는 점점 굵어졌고, 날은 추워졌다. 한여름의 인도라고 생각하지 못할 정도의 서늘함이었다. 20분쯤 지났을까, 비를 뚫고 오빠가 달려왔다. 다리와 어깨가 흠뻑 젖은 채로, 그 큰 가방을 메고 말이다. 릭샤 비용을 아끼겠다며 나만 릭샤에 태우고 다시 그 빗속으로 뛰어들었다. 오빠는 말이 없었다. 릭샤에서 내렸고, 오빠의 부축으로 간신히 숙소에 도착했다. 나는 씻지도 못한 채 침대에 누워 진통제의 효과가 올라오기만을 바라고 있었다. 괜히 내 스스로에게 짜증이 났고, 신경도 최대로 날카로워져 있었다. 그의 모든 행동이 너무 고마웠지만, 고맙다는 말은 쉽게 나오지 않았다. 침대에 누워서 닭똥 같은 눈물을 흘리며 씩씩대고 있는데 오빠가 내 다리를 주무르기 시작한다. 전에는 내 발뒤꿈치가 갈라졌다며 그 새까만 발에 살구 오일을 발라주더니, 이번엔 내 짜증을 아무 말 없이 안아준다. 한참을 누워있다가 겨우 씻고 나오니 오빠가 옆 침대에서 곤히 자고 있었다. 미안한 마음에 잠들었냐고 물어보니, 실눈을 뜨고선 아프지 말라고 한다. 얼른 나아서 차라리 잔소리를 해달라고.

나는 머리를 말리며 한참을 생각했다. 내가 누군가로부터 이런 호의를 받아도 되는 걸까. 우리는 연인인데, 나만 당신에게 많은 걸 받고 있는 건 아닐까 하는 생각이 들었다. 나와 너무 다른 사람. 자신보다 남을 더 생각하는 사람. 자신은 비를 맞아도 괜찮다며 사람들에게 하나 있는 우산을 건네는 사람. 그와 함께 여행을 하면 더 많은 것을 배우게 된다. 사기꾼을 상대할 때도, 집시나 거지들의 동냥에도, 제대로 풀리는 것 없는 엉망진창인 순간을 만나도 그는 늘 웃는 모습으로 사람과 상황을 대했다. 좋은 남자친구이기 이전에 당신은 정말 좋은 사람 같았다. 여전히 젖어있는 머리를 계속 말리며 생각했다. 무릎이 나으면 내가 꼭 당신을 업어주겠다고 말이다.

그날 밤, 비는 더욱 세차게 내렸다. 빗소리와 함께, 곤히 잠든 오빠를 보면서 잠을 청했다. 이 비가 내 근심과 걱정을 모조리 가져갈 것이라는 생각으로. 요란했던 밤이 지나고 내 무릎이 낫기 전까지, 사나흘 동안 꼼짝없이 그에게 업혀 다녔다. 그리고 그의 등 위에서 생각했다. 이 사람과 결혼을 해야겠다고. 어떤 확실한 연유가 있었다기보다는 그냥 문득, 그런 생각이 들었다.

내게 왜 결혼을 결심하게 되었냐고 묻는다면 내가 그날 무릎이 아팠기 때문이라고, 그날 맥간에 비가 많이 내렸기 때문이라고 말해야겠다. 빗속에서 그의 마음을 보았고, 그래서 영원히 함께하고 싶었다고.

버스킹 ——————

한 여인이 외로이 목소리를 내고 있다.

사람들은 바쁜 발걸음으로 제각기 어딘가로 이동하고 있으나,
그녀는 자신만의 세상에 멈추어 노래를 하고 있다.

그 자리에 한 명이 섰고, 카메라를 들었다.
그리곤 노래에 보답하듯 성의를 표했다.
다음 노래엔 멈추는 이가 두 명이 되었고,
이내 열 명이 그녀의 노래 앞에 서 있었다.

나지막한 목소리는 우리에게 편지를 읊어주는 듯했다.

먼발치에서 그녀의 음색에 집중했다.

눈을 감고, 나의 세상에 멈추었다.

다섯 곡의 노래로 버스킹은 마무리되었다.

모든 이들은 박수를 보냈고, 몇몇은 앨범을 사는 것으로 보답했다.

눈을 뜨고 내 세상을 본다.

외로움으로 시작했다가 무수한 사랑으로 끝이 난 버스킹처럼,

무수한 사랑으로 가득 찬 인생을 여행하고 싶다.

일상과 여행
그 사이의 순간 _____

어제와 다른 오늘이 찾아왔다. 해도 뜨지 않은 아침, 눈을 뜨니 가녀린 비가 내린다. 시차 때문에 잠을 설쳐서 멍한 것인지 빗소리 덕분인지 모르겠으나 당장의 고민은 하나다.

'오늘 아침은 뭘 먹지.'

부엌에서 소리가 들린다. 툭탁, 툭 탁. 아침을 만들어주는 사람과 함께 있다. 맛있는 냄새가 코에 닿는다. 이내 그가 큰 프라이팬을 들고 나타난다. 밥 하나는 야무지게 잘 먹는 나라서 오빠가 만들어준 밥

한 그릇을 뚝딱 먹고 신이 난 채로 커피를 내리고 열심히 설거지를 한다. 우리의 일상이자, 우리의 신혼이자, 우리의 여행인 순간이다.

매일을 일요일처럼 보낼 수 있는 한 달이, 일 년에 한 번쯤은 있어야 한다고 생각한다. 이 괴짜 같은 생각에 동의하는 남자와 함께 산다. 즐겁다.

고마워,
나의 부다페스트 _____

포춘 쿠키에 적혀있던 말,

'행복하게 생각하면, 다 행복해질 거야.'

이 말을 가슴에 고이 간직하고, 나는 그렇게 살아가겠어.

차가운 바람이 부는 날에도

부다페스트, 너를 보면 그깟 감기에 걸려도 상관없다고 생각했거든.

이번 가을에도 너의 붉은 사랑을 받았으니,

다시 한번 땅을 짚고 일어나 열심히 살아갈게.

고마워, 나의 부다페스트.

이렇게 아름다운 밤이
여기에 있었다 ────────

크리스마스를 50일 앞둔 어느 겨울날, 어떤 형용사를 붙여도 온전히 표현하지 못할 밤을 만난 내내 죽어도 여한이 없겠다고 생각했다. 잠시 그런 생각이 들었다. 내 인생의 반의반 동안 여행을 했고 이세상 아름다운 것들을 내 마음에 다 담고 다녔다고 생각했다. 글로 담지 못할 엄청난 밤하늘이 존재하는 줄도 모르고 말이다. 알래스카에온 지 정확히 3일 만에 오로라를 만났다. 사람들의 감탄사와 함께 차는 멈췄다. 태어나서 처음 닿는 영하 25℃의 날씨, 구름 한 점 없는 청명한 새벽이었다. 차 문을 열고 나오는 순간, 아름다운 빛은 깊고 두꺼운 모습으로 춤을 추기 시작했다.

바람처럼 흩어졌다가 다시 낙엽처럼 모여들었다. 너 나 할 것 없이 어린아이처럼 환호했다. 멈출 줄 모르고 하나씩 계속 밝아지는 밤하늘을 어떤 말로 표현해야 좋을지 돌아오는 내내 생각했다. 그저 살아있음에 감사했던, 내가 아는 것이 전부는 아니라는 것을 알았던 날. 이 세상에 아름다운 것이 얼마나 더 많을까. 세상을 더욱 누려보고 싶어졌다. 깊은 마음으로 지구를 담고, 죽을 때까지 세상을 탐하고 싶어졌다.

소중한 것을 깨닫는 장소는 언제나 컴퓨터 앞이 아니라 새파란 하늘 아래였다.

-《Love & Free》중에서

사랑과 애증 사이 _____

"아니, 내 말은 그런 말이 아니잖아."
"곧 죽어도 자기는 잘못이 없다는 거지?"
"몰라. 네가 알아서 해."
"어휴, 내가 왜 같이 여행을 와서는."

우리는 몹시 다투는 중이다. 길 한복판에 서서 다시는 보지 않을 사이처럼 쪼그라드는 마음을 내팽개치고 있다. 어차피 같은 숙소로 돌아가 가까운 침대에 누워 자야 하는 운명인 걸 알면서도, 헤어질 마음은 조금도 없으면서도, 씩씩거리며 나의 억울함을 차가운 공기로 보내는 중이다. 우리는 25년 남짓을 다르게 살다가 고작 3년을 함께 했다. 그마저도 같은 마음으로 산 적은 아마, 없었을 것이다. 우리는 다른 사람이니까.

사랑하는 이와 여행을 하다 보면 사이가 좋은 순간에는 세상을 다 가진 것 같다가도, 마음이 맞지 않아 조금이라도 다투는 날에는 가진 모든 것을 빼앗긴 것처럼 온종일 아픈 감정으로 지배되기도 했다.

우리는 사랑을 하는 사람이면서도, 동시에 사랑을 모르는 사람이 기도 했다. 서로에게 더 많은 것을 주어야 하고 고귀한 사랑에는 희생 이 따르는 게 당연하다는 사실을 머리로는 알고 있지만 마음으로는 모르는 아이들 같기도 했다. 사랑을 주는 만큼 받고자 하는 것처럼 이 기적인 것은 없다. 그럴 때마다 마음속에 빈 공터만 계속해서 생길 뿐 이었다.

어쩌면 우리는 이기적인 감정을 희생으로 둔갑시켜 사랑을 하고 있을지도 모른다고 생각했다. 내가 이해하기 편한 대로 상대를 변화 시키려고 했을 것이고, 스스로 불편하지 않기 위해 상대를 나처럼 만 드려고 했을지도 모른다. 상대가 알아주지 않는 희생을 나 혼자만 한 다며 밤마다 죄 없는 가슴을 내리칠지도 모른다. 알아달라고 소리치 는 것은 사랑이 아니었다는 걸, 함께 여행을 하며 조금씩 알게 되었 다. 한참을 싸운 날의 밤, 싸우느라 에너지를 다 소모해버리고 지쳐 서 잠이 든 그의 등을 보면서 생각했다. 내 사랑으로 한 사람의 본성 이 변하기를 바라는 건 신도 내지 않은 욕심이었다는 사실, 또한 상대 가 변하지 않는다고 해서 내 사랑이 부족했다며 자책할 필요도 없다 는 사실. 우리는 그저 다른 사람들일 뿐, 사랑은 언제나 맑고, 어떤 순 간에도 거짓이 없다는 것을 말이다.

아무도 우리에게 사랑이 이것이다 하고 가르쳐주지 않았다. 다만 누구도 같은 언어를 쓰는 사랑은 없다는 것쯤은 알고 있다. 사랑을 하는 이들의 언어는 모두 다르다. 만지기 전엔 얼마나 묽은지 알 수 없는 지점토처럼, 입 밖으로 솔직하게 표현하지 않으면 모른다. 그래서 사랑은 어렵다.

우리는 여전히 많이 다투지만, 기분이 상한 상태로 있는 시간은 점점 줄어가는 중이다. 다툰 그날 밤이 지나기 전에는 무조건 화해하는 편이 훨씬 좋다는 사실을 깨달았다. 감정이 조금 사그라들어 이성을 찾으면 마주 앉아 상대방으로 인해 화가 난 부분이 아니라 내가 상대방에게 상처를 준 부분에 대해서만 이야기한다. 이렇게 하다 보면, 사랑이 죄악이라는 친구의 말처럼 서로에게 느낀 미움이 결국 사랑으로 번지는 느낌이다. 개뿔, 이게 사랑이구나. 화를 낸 자신이 미워지는 순간이 오고 만다. 그러면 다시 우리는 언제 그랬냐는 듯 표현하고, 마음을 건네며, 서로가 없으면 죽고 못 살 사람으로 돌아간다.

그날 밤, 우리의 거창한 화해식이 있고 난 후, 창문을 열었더니, 가로등 불빛 아래로 하얀 눈이 다시 내리고 있었다. 사랑은 본연의 사랑이기 이전에 약속이라고 생각했다. 그래도 여전히 화가 나고 이해하기 어려울 땐 그저, 그가 해주는 아침밥을 맛있게 먹는 방법도 괜찮다.

불완전함 속의
완전 _____

바닷속을 유영하며 내가 좋아하는 노래를 들을 수 있다면
어쩌면, 귀가 황홀해서 녹아버릴지도 모르겠다고 생각했다.

드디어,
우유니 _____

눈이 아려도, 꼭 내 눈으로 보아야 하는 길이었다. 극도의 건조함에 선글라스를 끼면 미처 다 느낄 수 없는 이곳의 공기, 길 위의 옅은 모래 입자들. 그것들을 온몸으로 느끼기 위해 나는 계속 선글라스를 올렸다 내리기를 반복했다. 4,700m의 고도를 넘어 꿈을 실은 지프차는 달리고 또 달렸다. 내가 그토록 좋아하는 남미 노래를 크게 틀고, 오른손을 창밖으로 내민 채 내가 남미에 왔다고 소리라도 치는 양 흥겨워했다. 드넓은 땅이다. 척박하고 칙칙하나, 엄청나고 광활한 대자연을 달린다. 내 눈에 보이는 절경들에 적응할 새도 없이 풍경은 바뀌고, 또 바뀐다. 지금 나는 볼리비아 우유니에서 칠레 아타카마로 가는

길이다.

볼리비아의 우유니 사막. 여행자들의 버킷리스트에 늘 담겨있는 곳이다. 23살에 남미에 가려고 한 모임에 참석했다가 먼저 다녀오신 분들의 우려와 걱정, 그리고 충고로 남미를 가겠다는 열망이 한풀 꺾인 후 오래도록 갈 일이 없었던 대륙이기도 하다. 그로부터 4년이 흐르고 좋은 기회로 우유니에 갈 일이 생긴 것이다. 조금의 고민도 하지 않고 무조건, 당장, 가겠습니다를 외쳤다. 좁은 원룸이 터져나갈 듯 기분이 좋았다. 남미라니, 내가 드디어 남미라니! 하며 뱅뱅 돌았다.

좋아한 것도 잠시, 남미로 향하는 여정은 여간 힘든 게 아니다. 우유니에 가기 위해서는 최소 40시간이 걸린다. 대개 한국에서 미국으로, 미국에서 또 다른 미국으로, 그 미국에서 남미 대륙으로 향해야 한다. 나는 쿠바에서 미국으로, 다시 미국에서 볼리비아의 수도인 라파즈로 향했다. 엉덩이가 바스라질 수도 있겠다는 생각이 들 때쯤 남미에 도착했다. 몰골은 이미 말이 아니지만 더한 것이 남아있었으니, 바로 고산병이었다. 라파즈에 내리는 순간, 내 몸에는 적응할 새도 없이 괴상한 증상들이 마구 나타났다. 숨을 쉬고 있는데 답답하고 토할 것 같았으며, 머리는 어지러웠다. 조금만 걸어도 숨이 차서 계단 하나 오르는 것도 예삿일이 아니었다. 라파즈부터는 버스를 타는 방법도

있지만, 7만 원을 지불하고 비행기를 타면 50분 만에 우유니 사막에 도달할 수 있었기에 그 편을 선택했다. 그 작은 비행기에서 고산병으로 고생하는 많은 동지들을 만났다. 그렇게 다들 시체처럼 널브러져 있는데 창밖으로 새하얀 사막이 펼쳐지기 시작했다. 괴상한 통증들은 이내 설렘으로 변했다. 우유니 공항에 도착해, 컨베이어 벨트도 없이 약한 줄 따위에 싸인 배낭을 찾아 서둘러 메고 예약한 숙소로 향했다.

우유니의 시내는 그리 크지 않다. 여행사들이 모여있는 메인 거리, 걸어서 다닐 만한 시장 몇 군데, 그리고 숙소가 있는 골목. 그 외에는 돌아다니고 싶은 마음이 생기지 않았다. 혹시나 더 심해질 고산병에 대비해 약을 먹고 하루를 푹 쉬었다. 다음 날 일어나자마자 여행사를 찾았다. 우유니 여행은 대개 여행사 투어 프로그램을 신청해 다른 신청자들과 함께 방문한다. 한 지프차에 6~7명이 탄 채로 사막을 향한다. 그 좁은 지프차에는 많은 이의 설렘과, 곧 그곳을 만날 것이라는 열망으로 가득하다. 꿈이 선명해지는 순간이다. 나 역시 그러했다. 나는 우유니 데이 투어&선셋 투어, 우유니 스타 선라이징 투어, 우유니 데이&칠레로 넘어가는 투어까지 총 3개의 우유니 투어 프로그램에 참여했다. 투어 비용 자체는 그리 비싸지 않다. 당시의 환율로 프로그램 하나에 2~3만 원 꼴이었으니. 게다가 소금 동굴에서 밥 먹을 기회도 준다. 이러한 이유로 우유니에 오래 머물면서 매일 사진을 찍으러 가는 이들도 꽤 많다.

때는 3월, 요즘에는 건기에 가도 물을 뿌려주는 곳도 있다는 소
문을 들었지만, 우유니는 본디 우기 때 가야 한다는 생각이다. 새하얀
소금 사막에 비가 내려 하늘이 반영되어, 하늘에 보이는 건 거울처럼
땅에도 보이게 된다. 하늘과 땅이 똑같은, 그 장관을 보려고 모든 이
들이 떠나오는 곳이다. 40시간 이상이나 걸려서 말이다.

우유니 시내를 지나고, 드넓은 산을 넘어 우유니 사막으로 지프
차가 달린다. 몇 군데의 관광지를 갔다가 물웅덩이를 넘고 자글자글
한 소금 위를 지나며 염원하던 곳으로 달린다. 꿈꾸던 모습이 눈앞에
있을 것이라는 사실, 그것만으로도 우리는 대단히 흥분된 상태였다.
그때 멀리서 보이는 사막 위의 지프차 한 대. 그곳에 타고 있는 사람
들의 행복감은 가까이 보지 않아도 느껴졌다. 나 역시 너무 흥분한 상
태였으므로 멀리서도 꿈을 이룬 동지들의 마음을 톡톡히 알 수 있었
다. 솔직히 사진발, 흔히 말하는 포토샵 보정의 힘이 들어간 여행지라
고 생각한 내 자신이 미울 정도의 광경이었다.

"오, 와, 왁! 악, 세상에, 말도 안 돼."
"미쳤다, 미쳤어!"

긴 구름이 늘어진 곳에 아무렇게나 주차를 했다. 구름 모양은 시간마다 달라져 배경이 하염없이 변한다. 말도 안 되는 것에서 또다시, 말도 안 되는 것으로 말이다. 장화를 신고 고요한 사막을 걸었다. 춤을 췄다. 표지판도, 지도도 필요 없는 곳. (모든 곳이 똑같이 생겼기 때문에 표지판과 지도는 대개 소용이 없어보인다.) 숙련된 가이드만이 길을 찾을 수 있다. 주위를 둘러봐도 아무것도 없다. 모든 곳은 똑같았다. 마치 방황하다 아름다운 길에 버려진 것 같았다. 나와 오빠, 든든한 가이드님과 우리의 지프차. 그리고 하늘을 그대로 담아낸 드넓은 땅만이 전부였다.

낮의 우유니를 만나는 데이 투어를 '미쳤다'고 표현한다면, 선셋 투어는 '제대로 미쳤다' 정도로 표현할 수 있을 것이고, 스타 선라이징 투어는 너무 황홀해 아무런 생각이 들지 않는다. 자연에 내 마음을 빼앗긴 느낌, 그래서 아무런 생각을 할 수가 없다. 새벽 3시, 지프차에 옹기종기 모여 앉아 페트병에 담긴 뜨거운 물을 핫 팩 삼으며 다시 사막으로 달려간다. 보름달이 크게 떠, 별이 보이지 않는다는 가이드의 말에 조금 풀이 죽긴 했지만 괜찮았다. 춥다는 이야기는 들었는데 이렇게까지 추울 줄 몰랐다. 별이고 뭐고, 따뜻한 이불 위로 순간 이동을 할 수 있다면 더는 소원이 없겠다 싶을 정도의 날씨였다. 별들을 만나려고 어슬렁거리다 별을 보기도 전에 내가 죽는 게 아닐까 했지

만 함께 온 여행자들의 온기에 기대며 일출을 기다렸다.

한 시간쯤 지났을까, 거대한 자연이 잠에서 깨어나기 시작한 것 같았다. 온 세상이 옅은 붉은색을 뿜고 있었다. 재빨리 나와, 자연의 품 안에 섰다. 견딜 만한 추위였다. 아, 이렇게 아름다우니까 추운 줄도 모르겠구나. (어쩌면 해가 조금씩 뜨고 있어서 그랬을 수도 있고.) 광활한 땅덩어리들은 봄날 새싹들이 약동하듯 움직이기 시작했다. 고요한 세상이 서서히 움직였다. 섬광 같은 빛들은 아주 조심스럽게 제 모습을 드러냈다. 나는 들떴고, 진심으로 환호했다. 투어를 함께 온 모든 이들이 아무 말도 하지 않은 채 하루가 떠오르는 일을 함께했다. 아름다운 존재를 만나고 나면 늘 마음이 무거워졌다. 자연의 거대한 힘 앞에 겸허해진다고 해야 할까. 형용할 수 없는 한 점으로, 자그맣게 세상 가운데에 서 있는 나의 존재에 대해 돌이켜봤다. 한낱 점 같은 존재인 내가, 왜 그토록 열심히 살았을까 하고 생각하며 말이다. 조금 대충 살아도 된다고, 저 작은 별들처럼 우리는 존재만으로도 반짝이는 것들이니까. 나는 결국, 또다시 거대한 현실로 돌아가 언제 그랬냐는 듯 열심히 살 궁리를 하겠지만 그때만큼은 그렇게 생각했다. 자연의 품에서 방해되지 않는 점 같은 작은 존재로 살다가, 하늘 위에 별이 되는 건 어떨까 하고.

투어는 끝났다. 내 자리로 돌아왔다. 잠깐 세상 밖에 버려지거나 혹은 내 마음 안으로 들어갔다 온 느낌이었다. 처음 느낀 자연으로부터의 고립은 슬펐고 또 낭만적이었다. 그리고 그것들의 위로는 그날 밤 추위보다 강렬했다. 나는 오늘 이 글을 쓰며, 다시 한번 돌아오지 않을 그날에게 경이를 표한다.

삶의 이유 ──────

존재 자체만으로도

누군가에게 삶의 이유가 되는,

네가 부러웠다.

춤 솜씨

그가 기분이 좋아 보이는 날엔 춤을 춰달라고 한다. 왜냐하면, 내가 기분이 좋을 때면 그의 앞에서 춤을 추고는 하니까.

"아니, 다른 거. 이건 지난번에 췄던 거잖아~"

그는 춤에는 재능이 썩 없는지 매번 같은 동작과 비슷한 느낌의 춤 실력을 발휘한다. 나는 그가 갖가지의 춤을 추는 모습을 보며 행복해한다. 우리는 종종 그렇게 사랑을 확인하고는 했다.

안정제 같은 사람이 곁에 있는 일상, 오늘 저녁 김치찜을 함께 먹을 수 있다는 사실, 당장 세상이 무너져도 그를 꼭 안은 채로 죽으면 덜 외롭겠다는 생각, 이런 것들이 나를 꽤나 평온하게 만든다. 그의 존재는 내게 유일하게 지속되는 행복의 감정이다.

포르투의 밤 ————

잊고 있었는데 6년 전 오늘, 내가 포르투에 있었다는 사실을 페이스북이 알려주고야 말았다. 폭우가 쏟아져 온통 안개로 가득 찼던 그날이 생각났다.

여전히 하늘은 흐렸고, 쌀쌀한 북부의 공기가 나를 맞이했다. 우리 숙소는 도우루강 가까이에 있었다. 엘리베이터가 없는, 언제부터 사람이 살기 시작했는지 모를, 하지만 전망 하나는 죽여준다는 소리에 겁도 없이 꼭대기 층을 예약했다. 전망을 즐길 생각에 캐리어를 끌고 계단을 오르는 일이 힘들다는 사실을 당시에는 망각하고 있었다.

캐리어를 들쳐 업고 84계단을 오른다. 오래된 계단에서는 삐그덕삐그덕 소리가 수도 없이 났다. 땀을 뻘뻘 흘리며 앞으로의 일주일이 걱정되는 것도 잠시, 도착한 숙소 창문 밖 풍광을 보니 그깟 계단쯤은 일 년도 걸을 수 있을 것 같았다.

저녁 메뉴는 한식이 그리운 우리를 그나마 만족시킬 라멘을 선택했다. 포르투식 일본 라멘이었다. 싱거웠다. 그래도 칼칼한 게 맛은 있었다. 비싸서 꿈도 못 꿨던 6년 전과 달리 먹고 싶은 것, 하고 싶은 것들을 하나씩 다 해나갔다. 길을 걷다 우연히 찾은 와인 바에서 추천

받은 스파클링 와인 1.8L를 쿨하게 시켜 마시고는, 유유자적 한밤의 분위기에 취해 강변을 걷다 들어왔다. 이건, 2018년의 오늘이었다.

2012년 겨울, 그러니까 딱 6년 전에 고등학생이었던 동생의 손을 잡고 비 내리는 포르투에 도착했다. 유난히도 안개가 많이 끼었던 그날, 돌길 위를 조심스레 걸으며 호스텔을 찾아 헤맸다. 1박에 10유로라는 획기적인 가격에 아침 식사까지 포함된 숙소. 게다가 9.8점이라는 엄청난 평점까지 받은 완벽한 호스텔이었다. 호스텔 문을 들어서자, 호스텔 특유의 리셉션 직원의 환대가 이어졌다. 나는 24인실 혼성 도미토리로 안내 받았다. 새로 칠한 페인트 냄새와 나무 냄새, 적절한 온도를 갖춘 실내와 소음이라고는 작은 부스럭거림이 다였다. 유독 마음에 들었던 건 침대마다 달린 개인 커튼과 머리맡에 달린 작은 조명이었다. 밤에 커튼을 치고 조명을 밝혀 다이어리를 적어 내려가면, 내 하루를 완성시키는 기분이었다. 호스텔은 이토록 좋았으나 슬프게도 포르투에 머무는 5일 내내 비가 내렸다. 우산을 써도 신발이 흠뻑 젖을 정도였다. 꽤 훌륭한 호스텔에 머무는 것으로 위안을 삼아야 했다. 비가 내리면 동생과 2층 침대에 사이좋게 누워 빗소리를 들으며 뒹굴거렸다. 얼마나 낭만적이냐며, 날이 좋았으면 돌아다니느라 급급했을 거라며 위로했다. 내심 포르투의 날씨가 얼마나 원망스럽던지. 언젠가 꼭, 날이 좋은 여름에 다시 오겠노라 다짐했다. 낮에는 덥고 저녁이 되면 서늘한 바람이 부는, 그래서 부서지듯 출렁이는 도우루강의 해 질 녘을 마음껏 누리는 날을 꿈꾸며 말이다.

　뿌연 하늘에도 핑크빛이 돌았다. 예전처럼 사진을 찍었다. 22살의 내가 서 있던 그곳에 28살이 된 내가 서 있었다. 이곳저곳에 그리움이 가득했다. 다른 사람들도 나처럼 이곳에 그리움을 묻고 떠났나 보다. 황량한 거리에서 더 빛나는 밤을 만난 적이 있는가. 노란 불빛 아래 홀로 기타를 치는 사내를 보면 그 마음을 알 수 있다. 외로운 골목을 가득 채우는 그의 목소리. 잠깐 세상과 동떨어진 고요를, 여기저기 페인트가 벗겨진 낡은 건물들이 줄지어 선 거리에서, 포르투에만 존재하는 그 밤에 만났다. 더위가 기승을 부리는 여름에 오겠노라 다짐했으나 나는 또 겨울에 돌아왔다. 생각보다 늦어졌지만, 생각보다 많은 것이 그대로 있었다. 물론 그때 해보지 않은 것들을 지금 한다고 해도 그 아쉬움이 전부 채워지지는 않는다. 6년 전은 여전히 과거에 존재할 뿐이니 말이다. 이 도시에 대한 갈망이 결국 나를 또 이곳으로 오게 만들었으니, 어쩌면 그 아쉬움이 채워지는 게 싫었을지도 모른다. 숙소로 돌아오는 길에 빨래 냄새가 좋아, 직전 골목에서 숨을 들이마시고 내뱉는 걸 반복하며 서 있었다. 나는 이곳에 언제 또 오게 될까. 다음엔 꼭 여름에 올 수 있을까. 기분 좋은 상상을 하며 집으로 돌아간다.

세상에 아무것도
아닌 것은 없다 _____

계절이 왔다가 가고, 꽃이 피고 지는 것처럼

우리도 작은 세포에서 아름다운 것으로 태어나,

고귀하게 사라지는 일을 마다하지 않으니

그러니, 세상에 잠시 머무는 모든 것들은 엄청난 사랑이다.

당신의
계절이 된다 _____

어렸을 적부터 해온 오랜 다짐이 있었는데, 그것은 결혼을 늦게 하는 것이었다. 비혼주의자는 아니었지만 내가 하고 싶은 것을 모두 해보고 나서, 결혼하겠다는 생각을 단단히 가지고 있었다. 그도 그럴 것이, 15년 전에 결혼을 한 10살 터울의 친언니가 항상 내게 하고 싶은 걸 다 해보고 결혼을 하라고 조언하고는 했기 때문이다. 물론 언니 본인은 결혼을 하길 정말 잘했다고 덧붙이긴 했지만.

포르투갈의 북쪽 지역, 포르투. 겨울이었고, 햇살이 좋은 금요일 오후였다. 우리는 금요일 오후라서, 오늘이 여행의 마지막 날이라서

조금 기분을 내기로 했다. 매일 지나가던 길에서 눈여겨본 식당에 갔다. 직원이 추천해주는 화이트 상그리아를 시키고 이야기를 나누기 시작했다. 대화 내용은 여느 때와 크게 다를 게 없었지만, 그날은 유독 결혼을 앞둔 나의 마음 상태에 대해 이야기를 하게 되었다. 나는 그녀에게 물었다.

"H야, 너는 결혼을 언제 하고 싶어?"
"언니, 나는 사실 절대 결혼할 생각이 없었단 말이지. 근데 요즘 들어 스무 살 때 만난 한 선배가 해준 이야기가 자꾸만 생각 나."

자신의 생각이라면 너무나도 똑 부러지게 말하는 아이라서, 그녀의 마음을 흔든 말이 무엇이었을지 궁금해졌다. 절대 결혼 따위는 하지 않을 거라는 마음을 갖고 있던 당찬 그녀의 말에 그 선배는 이러한 이야기를 해줬다고 한다.

"사람은 삶을 살아갈수록 더욱 힘들고, 마음에 사무치는 일들이 많아지는 법이거든. 그런데 결혼은 그 고단한 감정들을 반으로 나눌 수 있는 한 사람이 생기는 거래. 나이가 들면, 우리가 지금은 생각하지 못하는 감정으로 휩싸이게 될 거고, 그 반을 나눌 수 있는 사람이 간절히 필요해지는 거지. 지금은 모르겠지만, 아무튼. 나이가 들면서 더 많은 감정을 느끼게 될 때, 그때는 결혼이 하고 싶어질지도 몰라."

그 말에 강하게 맞장구를 쳤다.

"맞아. 지금 나는, 나누고 싶은 거야. 좋은 건 함께해서 더 행복하고, 힘든 건 나눠서 덜 힘들게 할 누군가가 필요한 거야. 그리고 그 누군가는 그 사람이어야만 하고. 지금이 처음 느끼는 그 간절함의 문턱인 것 같아."

나는 그 사람과 영원히 나누고 살고 싶다고, 좋은 것이든 싫은 것이든 나눠서 더 행복해지고 싶다고, 그리고 그것으로 인해 같이 단단해지고 싶다고 생각했다. 영원한 내 편이 생기는 것, 내 모든 걸 줄 수도 있는 사랑이 내 옆에서 여물어간다는 것. 당신은 나의 나무이자, 내가 당신의 계절이 될 수도 있는 것, 그것만으로도 당신은 내게 충분한 이유였다.

한 문장이면 충분한,
바하마에서 ──────────

내가 그렇게 꿈꾸던 천국이 그곳에 있었다.

여행의 부작용 —————

몰타의 서쪽 해안은 제법 멋스러운 일몰 포인트다. 해가 지는 모습은 세계 어디든 그리 다르지는 않다고 생각할 수도 있겠지만, 몰타 서쪽 끝에 위치한 딩글리 클리프에 서서 그 아래로 보이는 바다 끝 수평선 너머로 사라지는 태양을 보는 일은 꽤 감동적이다.

한 시간을 기다려 버스에 올랐다. 버스 노선은 잘 짜여 있지만, 버스 시간은 뒤죽박죽인 몰타의 버스 체계 덕분이다. 목적지도 없이 음디나에서 15분을 달렸고, 빛이 가장 센 곳에 무작정 내려 절벽으로 뛰어갔다. 하늘과 바다를 두고 주황색 띠가 생기기 시작했다. 붉고 진하게 타올랐다. 빛이 사방으로 번져 반짝이더니 조금씩 어둠이 몰려와 붉은색의 경계는 더욱 진해졌다. 이내 반짝이던 파도가 잔잔해지고, 바람이 불어올수록 하늘은 오색 빛, 아니 눈에 보이지 않는 수만 가지의 색을 내며 장렬하게 하늘을 채웠다. 절벽을 두고, 바다와 내가 세상 사이에 서 있었다. 세상은 붉게 탔고 이내 어두워졌다. 정류장으로 돌아가는 길, 자꾸만 아쉬운 마음이 들어 뒤를 몇 번이나 돌아보았던지. 오늘의 해는 저물었지만 앞으로도 계속 태양이 흩뿌리는 빛을 따라 반짝이는 파도를 만나고, 짙어지는 주황빛 하늘을 보며 내일을 기대할 날들이 많을 것이다. 오늘이 마지막이 아닌, 우리에게는 내일이 있으니, 기분 좋게 발걸음을 돌렸다.

여행을 마친 내 마음도 이와 다르지 않다. 세계 여행을 하거나 장기간의 여행을 한 사람들을 만나 대화를 하다 보면, 대부분 이러한 공허함을 경험했다고 이야기한다. 이 공허함을 이겨낼 방법을 찾았냐는 질문엔, 다른 여행자들이 그러하듯 새로운 곳으로 떠나기 위한 비행기 티켓을 끊는 것 말고는 아직 나도 다른 방법을 아직 찾지 못했다고 답한다.

여행 후 밀려오는 공허함은 가끔 이겨낼 수 없는 외로움과 불안함을 동시에 가져다주기도 한다. 내가 지나치게 행복했던 건 아닌

지 쓸모없는 생각이 들기도 하고 말이다. 내일의 할 일을 정리하지 않아도 되고 내 멋대로 해도 눈치 볼 필요 없이 자유와 낭만을 담뿍 가진 여행자의 영혼으로 살다가, 결국에 내가 머물러야 하는 내 자리와 내 공간, 내 삶의 터전으로 돌아왔을 때 앞으로 당분간은 그렇게 살 수 없을 것이라는 생각이 들어 괜한 압박감과 왠지 모를 허탈감이 느껴지곤 했다. 그러다 보니 여행을 하며 겪은 서럽고, 화가 나고, 사무치게 외로웠던 그깟 감정을 투정할 시간도 없이 자유로웠던 날들을 그리워하는 것이 여행에서 돌아온 내 하루 일과의 전부였다. 긴 여행에서 돌아온 나는 현재를 떠다니며 이미 지난날에 살고 있었고, 오지 않은 미래를 더욱 두려워하며 죄가 없는 내일을 미워했다. 이것이 내 여행의 부작용이었고, 오갈 데 없는 내 마음의 방황이었다.

누군가는 일상을 여행처럼 살라고 하지만, 그게 어디 쉬운 일인가. 여행을 떠나고 다시 돌아오는 일을 반복하면서 그 공허함은 내가 만들어내고 있다는 걸 알았다. 여행을 통해 별것도 아니던 내 삶이 갑자기 찬란해지거나, 내가 대단한 사람이 되는 등의 급작스러운 변화는 일어나지 않는다. 여행을 일상으로 사는 것, 그리고 일상을 여행으로 사는 것은, 결국 내 마음가짐에 달렸다. 아직 일상을 여행처럼 살아가는 완벽한 방법은 찾지 못했다. 그저 떠날 날을 기대하며 산다. 돌아와서 그때의 에너지에 대해 생각한다. 그 에너지로 다시 잘 살아갈 것이라 믿는다. 그게 다.

　우리는 여행을 하며 한때는 빛이었다가, 곧 찬란한 태양이었다가, 붉어지는 하늘과 바다의 경계에 고요히 머무르며 잔잔히 옅어지는 저녁노을이 되는 것처럼 그렇게 살아갈 것이다. 언젠가는 일상과 여행의 경계 없이 살아갈 수 있는 방법을 찾을지도 모르겠지만, 지금처럼 지난날의 힘으로 오늘을 살고 다가올 날을 기대하며 삶을 진행하는 것도 썩 나쁘지 않다는 생각이 든다. 어차피 여행만큼이나 별것 없는 것이 인생일 테니까. 그것이 찬란하거나 그렇지 않거나는 중요하지 않다. 그저 내 마음이 시끄러운 세상을 떠나 산뜻한 한 번의 바람을 맞는다면, 그것으로 완벽할 것이다.

잘 잔다,
내 새끼 ──────

사랑하는 이 앞에서 글을 쓰는 일은 매우 흥분되는 일이다. 남세스럽고 부끄러워 얼굴에 대고 할 수 없는 말을 내 짧은 손가락으로 펜을 쥐고, 한 글자 한 글자 적어 내려가는 그 과정은 나를 솔직하게 만든다.

엄마와 여행할 적에도 그랬다. 글을 쓰면 엄마에게 그동안 한 번도 느껴본 적 없는 감정들이 생겨났다. 엄마이기 이전에 한 사람이었던 그녀의 인생이라든가, 과거에 부서졌던 그녀의 마음과 가까워진다거나, 혹은 알고 있어도 아는 척 하지 않았던 엄마에 대한 연민과도

같은 것들, 이전에는 알 수 없었던 작은 숨소리부터 세심한 감정까지 말이다. 그 감정 하나하나를 솔직하게 풀어내면, 나는 비로소 엄마와 새로운 감정선 하나를 더 만들 수 있었다. 종이에 써진 하나의 글로 나와 엄마는 더욱 가까워졌음을 마음으로 느꼈다.

사랑하는 이, 나의 남자와 여행할 때도 크게 다르지 않다. 이것도 직업병이라면 직업병인 것이, 그의 사소한 행동과 말투 하나에도 자꾸만 문장들이 떠올랐다. 그 감정을 잊어버리지 않기 위해서 핸드폰 메모장에 기록을 하거나 종이에 적기도 했다. 시간이 꽤 지나고서는 그때 내가 정말 이런 마음이었냐며, 결코 인정하지 못하는 유난스러운 감정들도 있긴 하지만. 특히나 잠이 든 그 남자의 얼굴을 볼 때는 세상에 저리 예쁠 수도 없다. 그렇게 그의 얼굴 하나하나를 쳐다보면, 자연스레 사랑의 감정이 솟아오른다. 볼도 한 번 더 쓰다듬고, 콧구멍도 요리조리 만지며 장난치곤 한다. 그가 잠들면 나는 늘 글을 쓰니까, 내 글 속의 그는 천사가 따로 없다. 다음 날 일어나면 사라질 감정이지만 말이다.

하긴 오빠도 그랬지.

"유리야, 넌 잘 때가 제일 예뻐."

당신에게 좋은 바람이
되고 싶었어 _____

햇살이 무지 좋았던 날,

하늘 위 새들을 바라보며 미소 짓던 당신의 얼굴이 생각난다.

당신은 다음 생에는 새가 되고 싶다고 했지.

나는 그때 많은 생각을 했어.

감히, 당신이 자유롭게 하늘을 날 수 있었으면 좋겠다고 생각했거든.

그 하얀 사막에서 나는

오래도록, 그렇게,

당신에게 좋은 바람이 되고 싶었어.

잊지 않아야지.

상기된 당신의 두 볼, 날리는 머리칼.

그리고 이 글을 쓰는 지금,

내 손의 미세한 떨림까지도.

기분이
더 좋아지는 방법 ─────

모질게 추웠던 네팔의 겨울이었다. 나는 네팔의 수도인 카트만두에서 한 시간 떨어진 박타푸르에 머물고 있었으므로 시내를 오갈 때는 택시를 타야 했다. 물론 버스도 있다. 자리에 사람이 다 차기 전까지 출발하지 않기 때문에 정해진 시간에 출발하는 일이 거의 없고, 도착 시간도 제멋대로인 버스라는 게 문제다. 앞자리에 앉으면 멋진 풍경을 구경할 수 있다는 점은 좋았지만, 큰 창문이 항시 열려있어 모두가 매연을 마셔야 하는 버스였다. 이러한 이유로, 서너 번 버스를 탄 이후부터는 자연스레 택시를 이용하게 되었다.

카트만두에 자주 나가곤 했는데 그 이유는 단 하나, 밥 때문이었다. 여행을 하며 먹어본 한식 중 가장 맛있는 곳이 그곳에 있었다. 그날도 한식당에 갔다가 숙소로 돌아오는 길, 택시를 잡기 위해 인도 위에 서 있었다. 물론 인도든 차도든 모두 정리되지 않은 혼돈의 거리인 것은 마찬가지였지만. 그 거리 위에는 버스와 자동차, 사람과 자전거, 소와 이름 모를 동물들까지 모든 것이 뒤섞여 제각기의 목적지로 향하고 있었다. 이내 작고 하얀 택시 한 대를 잡았고, 빠질 수 없는 흥정을 시작했다. 택시를 몇 번 이용한 경험을 토대로, 택시비는 700루피(한화로 7,000원 남짓) 정도면 충분했는데, 이 택시 기사님은 적정 가격의 두 배 이상을 요구했다. 어차피 부르는 값에 반을 깎은 다음 조금 더 보탠 값으로 결정되는 것이 흥정의 기본 공식 아니겠는가. 우선 가격을 반으로 깎았다. 예상대로, 택시 기사님은 내가 제시한 가격에 200루피를 더했다. 나는 100루피만 더하자고 했고, 택시 기사님은 그럼 150루피만 더하자고 했다. 길 위에서 팽팽한 흥정이 이루어지고 있었다.

"에이, 700루피, Please."
"850루피!"
"에? 제가 많이 타고 다녔는데요~"
"그래도 안 돼요. 그럼 800루피."

"아유, 깎아주는 김에 조금 더 깎아주세요. 750루피! Last price!"

우리의 실랑이는 30분이나 계속되고 있었다. 택시 기사님은 800루피, 나는 750루피를 외치면서. 우리는 서로 한 치의 양보도 없었다. 흥정에 진이 빠지려는 찰나, 문득 궁금해졌다. 50루피면 한화로 얼마더라. 고작 500원. 겨우 500원 때문에 나는 혼돈의 거리에서 더 혼돈스러워 하고 있었던 것이다. 물론 정말 돈을 아껴 써야 하는 배낭 여행자였기에, 적은 돈도 소중했지만, 가만히 생각해보니 내가 너무하다는 생각이 드는 것이 아닌가. 그깟 500원이 뭐라고, 500원을 더 드린다고 해서 내 인생이 망하는 것도 아닌데 말이다. 그 생각이 들자마자, 온몸에 뜨거운 부끄러움이 올라왔다.

"Okay, 800루피. 800루피로 갈게요."

택시를 타고 돌아오는 내내 부끄러움을 감출 수가 없었다. 값을 치러야 하는 상황이 오면 무조건 흥정을 하던 나의 모습이 계속 생각났다. 500원, 1000원에 집착하며 악을 쓰는 내 모습이 떠올라 참담했다. 흥정에 성공하면 세상을 다 가진 듯 즐거웠지만, 결국 나는 흥정으로 아낀 돈을 더 아름다운 곳에 쓰는 게 아니라 이내 다른 어디엔

가 흐지부지하게 써버린다는 사실도 함께 깨달았다. 흥정이 주는 만족감은 찰나의 기쁨, 그게 다였다. 곧 아무것도 아닌 채로 사라질 감정이었다.

이후로 나는 흥정 방식을 바꾸기로 했다. 물건을 사기 전에 이 가격 정도면 사겠다는 생각을 하고 예산을 정한 뒤, 원하는 가격이면 더도 말고 덜도 말고 구입하겠다고 말이다. 혹여 내 생각과 꼭 일치하지 않더라도 흥정을 하느라 하루의 에너지를 소모하는 무의미한 행동은 절대 하지 않겠다고 다짐했다. 여행객이라는 이유로 바가지요금을 치러야 할지도 모르지만, 과도한 정도가 아니라면 나로 인해 판매하는 사람의 하루가 조금 더 풍요로워질 수도 있겠다는 생각이 들었다. 흥정을 하느라 시간과 에너지를 다 보내는 대신 적정한 가격이면 기분 좋게 사는 쪽이 훨씬 더 낫다는 것이 개인적인 생각이다.

작은 소원

조금의 낭만과 자유를 가지고 사는 것,
세상에는 무수한 아름다운 것들이 존재한다는 사실을
잊지 않고 사는 것.

그뿐이다.

밤하늘 아래 _____

여행을 다니며 별을 보는 일은 빼놓지 않는 편이다. 가만히 앉아서 고개만 들면 아득한 우주 한가운데 떨어진 기분이다. 돈 주고도 가지 못하는 우주인데, 이 정도면 꽤나 만족스러운 우주 체험 아니겠는가.

머나먼 우주의 한가운데, 뻥 뚫린 보랏빛 상공 아래에서 멀리서 날아오는 빛들을 보며 경이와 행복을 느끼고 있었다. 시리고 날카로운 바람이 뺨을 스쳤다. 이쯤이면, 돌아가도 좋겠다는 생각이 들어 얼어붙은 카메라를 어깨에 메고 발길을 돌렸다. 물론, 뒤돌아보고, 또 뒤돌아보는 일을 잊지 않는다.

자고 일어나면 없어질 이 밤, 내게 주어진 단 하루의 기억. 그런 밤하늘을 뒤로하고 걷는 일은 언제나 아쉬웠다. 평화와 고요를 가장한 적막함 속에서, 밤하늘을 올려다보는 것으로 하루를 마무리했던 날들이 많았다. 그리고 나는 그런 밤을 무척이나 사랑했다. 별을 보고 가만히 누워있으면 시끄러운 마음도 잠시나마 차분해질 수 있었다. 소심하고 여린 빛들이 내게 닿는 순간, 더 많은 별들이 향연하기 시작한다. 황홀한 별밤을 만날 수 있는 장소는 세상 도처에 있다. 감사하게도, 어느 하늘에나 존재하는 별이 아니던가. 그럼에도 조용히 별들을 바라본 날들, 내 삶에 이런 밤이 어울릴까 하고 뻣뻣이 올린 고개를 차마 내리지 못했던 밤들은 결코 쉽게 지워지지 않는다.

또다시,
다른 밤하늘 아래 _____

보름달이 뜨면 별들은 보이지 않는다. 너무 큰 보름달의 환희에
세 빛을 발휘하지 못한 별들은, 달이 구름에 가리거나 동이 트면서 달
이 사라질 즈음에야 하나씩 떠오르기 시작한다. 달이 지자, 별들이 반
짝인다. 별이 무성했던 그 밤, 하늘을 올려다보며 생각했다.

'저 보름달에 가려진 별을 볼 수 있는 현명함을 가지고 있을까.'

어쩌면 내가 가지고 있는 무수한 마음 중 인정하고 싶지 않았던
그 미세한 것들이 언제나 내 주위에서 반짝이고 있었을 텐데. 달이 저

야만 옆에서 별이 빛나고 있었다는 사실을 알게 되는 것과 비슷한, 그런 쓸쓸함을 얼마나 느껴야 현명한 사람이 될 수 있을까 하고 말이다. 달과 별을 조화롭게 사랑할 수 있는 날들이 온다면 그땐, 아마도 몇 개의 별을 잃은 순간일지도 모르겠다. 인생을 살면서 당장 눈에 보이는 중요한 것들이 너무나 많다. 욕심이 나지 않는다면 결코 거짓말일 것이다. 그리고 그 보름밤처럼 환하고 멋진 삶을, 그 대단한 빛을 안고서 살기 위해 갈망한다. 클수록 멋지고, 환할수록 더 갖고 싶겠지만, 우리는 달이 뜨지 않는 어두운 순간을 기약해야만 한다. 그 빛이 없더라도 나의 우주를 밝혀줄 힘이 필요하다는 이야기다. 작은 점들이 모여 찬란한 밤을 만들지 않던가.

언젠가 조용히 앉아, 내가 가지고 있지만 알지 못했던 것들에 대한 이야기를 써야겠다. 달과 별이 조화로운 우주에 살고 싶다. 보이지 않고, 느낄 수 없어도, 내가 가진 여린 빛이 지닌 힘의 소중함을 간직하고 살아야겠다. 내가 가진 것들을 내가 아니라면 누가 알아주겠는가. 그러니 결코 잊지 않아야 한다, 내가 가진 무수한 별들의 존재를.

너무도 아름다운 밤을 봤던 장소

1__ 우유니 사막의 밤,

　　볼리비아와 칠레의 이름 모를 해발 5000m 국경 마을

2__ 사랑하는 가족들과 한마음으로 별을 바라본,

　　결혼식 장소였던 사이판

3__ 엄마에게 보여주고 싶었던 크로아티아 플리트비체

4__ 별들이 아주 어여쁘게 반짝이는 곳, 인도네시아 길리

5__ 사막에 침대를 놓고 그 위에 누워 별을 바라보며

　　잠이 든 한여름의 사하라 사막

살구 같은 마음 _____

훈자 마을의 살구나무에 살구가 예쁘게 열렸다. 살구를 따는 이가 있었다. 그의 아버지로 보이는 노인이 큰 지팡이로 살구를 세고 있다. 노인이 나를 보더니, 지팡이를 앞뒤로 휘저으며 오라고 했다. 내가 다가가자, 살구를 가져가라고 한다. 허리 숙여 인사를 하고 살구 하나를 품에 안았다. 그러자 노인이 격렬한 입 모양을 하며 무언가를 이야기했다. 화를 내는 것 같았다. 돈을 내야 하는 건가 싶어 가방을 열었는데, 살구를 따던 이가 이야기한다.

"왜 하나만 가져가냐고 하시네요. 많이 가져가세요. 많이."

　가방을 연 내 손이 부끄러웠다. 이런 마음을 가지고 사는 사람이 여기에 있구나. 그런 마음을 잊은 지 오래된 사람인 나는 부끄러웠다. 살구 세 개를 들고, 맛있게 베어 물었다. 그제야 노인은 몇 개 남지 않은 이를 드러내며 웃었다.

　복잡한 마음을 멀리에 두고 왔더니, 가까운 곳에서 잊고 있던 다른 마음을 만나게 된다. 좋은 일이다.

세상에 하나뿐인 아침 ───────

느지막이 눈을 떴다. 하늘은 시시각각 변했고 구름은 이동하고 있었다. 밤새 내 귀를 간지럽히던 작은 벌레들은 잠들었는지 새소리와 큰 나뭇잎이 흔들리는 소리만 들리는 이곳은 평화로움으로 가득하다. 신발 없이도 어디든 걸어 다닐 수 있는, 침대가 있는 방과 바깥 세상의 구분이 흐릿한 매력적인 곳, 발리 우붓이다. 시원한 대리석 의자에 엉덩이를 대고 기지개를 쭉 켰다.

"아, 발리다. 발리. 내가 발리에 왔어."

"Do you want to have breakfast?"

이곳에서의 생활은 늘 일요일 같았다. 한숨 푹 자다가, 아침을 먹으라는 엄마의 소리로 일어나서 헝클어진 머리를 묶고 세수를 한 후, 텔레비전을 켜놓고 한쪽 다리를 접은 채 세상에서 가장 편한 자세로 아침을 먹는 그 일요일. 텔레비전이 아닌 우거진 풀숲을 바라보았고, 엄마 대신 숙소 주인인 케툭 아저씨가 차려주신 아침밥이었지만 일요일 특유의 나른함과 여유로움이 주는 행복은 다를 게 없었다.

케툭 아저씨는 오늘도 연신 웃고 계신다. 무엇이 그토록 즐거우신지, 우붓에 머무는 내내 아저씨의 미소는 우리에게 안정감을 주었다. 멀리서 왔지만 집처럼 편안하게 생각하라며 진심으로 대해주는, 우리를 위한 마음이었다. 그는 항상 행복한 표정으로 바나나 크레이프를 만들곤 했다. 하루 숙박비가 2만 원이 채 되지 않았지만, 아침마다 투숙객들에게 싱그러운 과일들과 달콤한 바나나 크레이프, 직접 만든 수박 주스를 제공했다. 특별할 것 없는 조식 메뉴에는, 그의 사랑이 가득했다. 후식으로 커피 한 잔을 늘 주셨는데, 그때 역시 특유의 미소가 빠진 적이 없다. 그의 웃는 얼굴을 보아야, 하루의 시작이 잘되는 느낌이 들기도 했다.

솔솔 불어오는 바람에 늦은 아침을 먹는 일, 여름 방학이 시작된 후 처음 맞는 일요일, 베란다 문을 활짝 열고 엄마가 해준 호박지짐이를 먹은 일들과 비슷한 기분이었다. 오래도록 잊히지 않을 감정들. 기분이 무척이나 좋을 때만 올라오는 바로 이 느낌. 가슴이 울렁거린다. 특별할 것 없는 하루가 이렇게나 소중하다. 그제야 내 마음 둘 곳을 찾은 느낌이었다. 왠지 이렇게 사는 날이, 이렇게 살지 않는 날보다 며칠만 더 많아도 행복할 것 같다는 믿음이 생겼다.

'야, 잘 있어라. 난 행복하러 간다.'

어릴 적 몇 번이고 도망치듯 큰소리치며 여행을 떠났었다. 여행이 내게 행복만 안겨줄 것이었다면, 나는 떠나 있지 않는 내 삶에서도 충분히 행복했을 사람이리라. 여행과 일상이 크게 다를 바가 없고, 가끔씩 느끼는 이 죽어도 좋을 것 같은 감정은 결코 길게 지속되지 않는다는 걸 안 다음에는 여행에서 내가 찾고자 했던 게 무엇인지 거듭 고민하며 많이 방황하기도 했다. 여행에서 무언가를 얻으려는 마음, 그 마음 때문에 더 큰 것을 보지 못한다는 사실을 오랜 시간이 지난 뒤에 알게 되었다. 여행을 통해서 삶이 더 빛날 것도, 특별해질 것도 없다는 걸 알게 되었다던, 어느 작가님의 말에 깊게 공감했다.

그냥, 잠시 일상의 무게를 내려놓고 눈을 떴을 때 불어오는 바람에 기분 좋게 하루를 시작할 수 있는 일, 가벼운 마음으로 세상이 주는 선물들을 마음껏 받아들이는 일, 좋으면 좋고 싫으면 싫은 대로 내 무수한 감정들이 살아 움직이는 일, 내가 몰랐던 또 다른 마음에 색채를 불어넣는 일. 그거면 됐다. 이 마음 안고 돌아가 내 자리에서 더 열심히 살면 될 것을 안다. 우붓에서, 발리에서, 아시아에서, 유럽에서, 남미에서. 이 세상에서 느꼈던 그 찰나의 시간이 가진 힘을, 여행의 힘을 나는 믿는다.

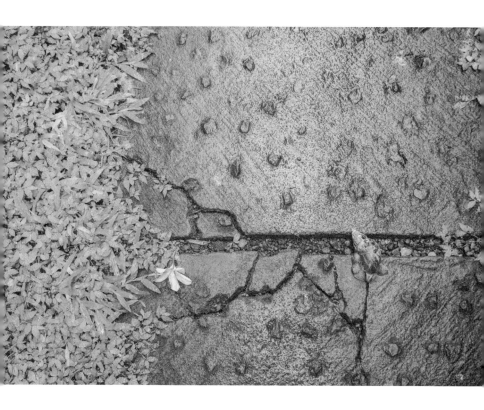

매일이
마지막인 것처럼 _____

누군가 통화하는 소리를 듣는 것에 대한 공포를 가지고 있었다. 그 사람의 목소리(음성)의 높낮이는 어떠한지, 긍정적인 대답인지 아닌지 혹시나 수화기 너머로 높은 언성이 들려오는 것은 아닌지도 하고 말이다. 어렸을 적 부모님의 싸움이 늘 통화에서부터 시작되었기 때문일까. 많은 시간이 흐른 지금도 그 시절, 차마 다 해소되지 않은 감정들이 더러 남아있는 듯하다.

중학교를 졸업했을 무렵, 집에서 노랫소리가 들리면 슬펐다. 결혼을 준비하느라 바쁜 언니, 아무것도 모르는 동생 그 사이에 끼어

있는 나는 언제나 엄마를 지키기 위해 고군분투했다. 대낮부터 집에서 노랫소리가 들리는 건 엄마의 오디오가 켜져있다는 것, 그건 엄마가 슬프다는 신호였다. 그럴 때면 술에 만취한 엄마가 침대에 누워있었다. 엄마와 아빠에 대한 미움은 나날이 커졌다. 학창 시절에는 특히 심했었다. 몇 번이고 기절한 척 연기를 한 적이 있을 만큼 심각해져 갔다. 나름의 꿈 많은 아이었기에 죽을 생각은 추호도 없었지만, 그저 부모님에게 반항하는 모습을 보이고 싶었던 것 같다. 내가 이토록 힘들다고, 내 어리석은 행동에 부모님이 겁먹기를 바랐다.

25살 때까지는 나의 첫 번째 바람이 부모님의 이혼이었을 정도로 피하고 싶었던 날들이 많았다. 그때마다 감정을 숨겼고, 억압했다. 해소되지 않은 감정의 잔여물들은 이따금씩 나를 세상의 끝으로 처박아버리고는 했다. 힘든 순간마다 누군가에게 손을 내밀면 언제나 같은 대답이 돌아왔다.

"유리야, 시간이 지나면 괜찮아질 거야."

당시에는 이런 말을 들으면 이 아픔을 모르는 사람이 위로랍시고 하는 말이라고 생각해 듣고도 어물쩍 넘겨버렸지만, 거짓말처럼 진짜 세월이 지나니 조금씩 괜찮아졌다. 특히나 아빠가 갑자기 아프셨던 일을 계기로 그들은 서로의 마음을 온전히 보여주기 시작했다. 부모님의 높은 언성을 일주일이나 듣지 않을 수 있다는 사실은 내게 큰 축복으로 다가왔고, 그들이 아무런 다툼도 없이 멀쩡하게 통화를 마치면 그제야 쪼그라들었던 심장이 펴지는 느낌이었다. 부모님이 국내 이곳저곳 여행을 다니는 모습을 보면 너무도 행복했지만 마음 한쪽에서는 혹시라도 이 행복이 깨질까 몇 번이나 두려운 밤을 보냈는지 모른다. 시간은 흘렀고 파편적인 기억들은 점차 흐려졌다. 괴로운 밤보단 다가올 시간을 기대하는 일이 많아졌다. 부모님의 지난 사랑들을 생각했다. 내가 자식이 처음이었던 것처럼, 부모님도 부모라는 역할이 처음이었으니까. 그래도 내가 이렇게 잘 자랄 수 있었던 건 그들의 힘이 너무나도 컸을 테니까.

사랑에도 모양이 있다면, 내 부모의 사랑은 거꾸로 된 하트 모양이었을까. 그래도 사랑은 사랑이었다. 지금 그들의 표정만 봐도 알 수 있다. 요즘 나는 부모님이 나누는 평범한 대화에도 여전히 감사를 느낀다. 조금 더 나아가 종종 작은 말다툼이 오가도 웃으며 중재할 수 있는 딸이 되었다. 이것이 마지막이라고 생각하면 소중하지 않은 것은 없다. 그런 마음으로 산다. 매일이 마지막인 것처럼. 단 하루도 내게는, 같은 날이 오지 않는다.

당신은
무엇을 하고 싶나요 _____

무엇을 하고 싶은지 묻는 질문에
쉽사리 대답할 수 있는 사람은 의외로 많지 않다.
물론, 나도 그렇고.

무엇을 해야 하는지 몰라서일 수도 있겠으나,
하고 싶은 게 너무 많아서일지도 모른다.

삶은 늘 의문문이고 정답은 없다.
단지 즐거움을 찾는 방법이 너무나 많을 뿐.

인생은 모두가 함께하는 여행이다. 매일매일 사는 동안 우리가 할 수
있는 건, 최선을 다해 이 멋진 여행을 만끽하는 것이다.

- 영화 〈어바웃 타임〉 중에서

어른이 되는 일 _____

작렬하는 태양 아래를 걷던 날이 생각난다. 꼬불꼬불한 길을 오르고 있었다. 허벅지가 터질 것 같을 때쯤 발걸음을 멈추어 뒤로 돌아섰더니 구름이 대거 이동하고 있었다. 잠시, 잠깐 동안 시간의 흐름을 온 피부로 느꼈다. 인도의 조드푸르. 주황빛과 핑크빛으로 도배되는 하늘의 파티. 한눈에 들어오는 그 도시의 공기를 잔뜩 들이쉬고 내쉬며, 바람을 만끽했다.

여행 중엔 자의식이 굉장히 강해진다. 나는 늘, 여행 중에는 늘, 아마도 당연히 그랬던 것 같다. 나의 오늘이 그랬던 것처럼, 더 먼 나

의 미래도 마찬가지일 거라고. 가령 매일 오후 예쁜 색으로 물든 하늘을 바라보고, 내가 가장 좋아하는 온도에서 살아가는 일처럼 내 삶도 그렇게 물들 것이라고 생각했다. 그렇게 보드랍고, 매끈하고, 분홍빛의 감정들이 도배된 순간들이 모여 삶이 될 것이라고 믿었다. 절대 불가능한 일이 아니라고 여겼는데, 이건 꽤 오만한 생각이었다.

　아빠의 병원복은 낯설었다. 난생처음 보는 표정에, 나는 도리어 화가 났다. 어쩌면 내가 아는 우리 아빠가 약해지지 않았으면 하는 욕심이었을지도 모르겠다. 처음으로 내게 놓인 이별 준비에 목이 턱 막혔다. 가늠할 수 없는 슬픔의 크기가 나의 육체와 정신을 가로막으니 감히, 이겨낼 용기 따위도 나질 않았다. 마음이 산산조각 날 것만 같았다. 병원을 빠져나와 주차장을 유유히 걸어가는 아빠의 뒷모습에 눈물만 났다. 봄이 오려는 듯 걸음마다 꽃향기가 나던 그날, 나는 온몸을 다해 슬펐다.

　그날 저녁, 서울 자취방에서 침대에 머리를 묻은 채 한참을 울었다. 아빠에게 조금 더 자주 전화해야겠다고 생각했다. 사랑한다는 말을 한 번도 해본 적이 없었는데, 처음으로 아빠를 많이 사랑한다고 문자를 보냈다. 그동안 모아둔 돈은 아빠의 병원비로 모두 썼다. 내가 자식으로서 할 수 있는 최선의 방법이었다. 어쩌면 조금이라도 당신에 대한 죄책감을 덜기 위함이었을까. 그리고 예정된 결혼을 미뤘다.

세상은 그렇게 쉬운 것이 아니었고 어른은 그렇게 가벼운 것이 아니었다. 나라고 특별할 것이 없는 게 누구나의 인생이었다. 삶은 꽤나 즐거운 것이라며 만연한 봄날 같은 어느 날이 있는가 하면, 내가 싫어하는 비극적인 영화의 결말처럼 눈물이 나는 날들도 많았다. 누구나 그렇지만, 아무렇지 않은 척 슬픔을 안고 살아가는 시간이 모여 있는 곳이 삶이었다. 그렇게 아픔을 이겨내고 나면 또 좋아하는 계절을 걷다가, 느닷없이 핀 열매 하나에도 웃음이 나는 날도 만나게 될 것을 안다.

감정은 수평으로 흘렀다. 고요하고 잔잔하게, 나이는 그렇게 내게 흘러왔다. 아무도 방해하지 않고서, 감정은 미울 만큼 조용히 흘러갔다.

나의 길,
나의 나무를 위하여 ─────

    나보다 한 살 어린 사촌 동생이 있다. 어릴 적 바로 옆집에 살던, 나와 달리 차분한 성격을 가진 채 흐르는 강처럼 잔잔하게 살아가던 아이. 태어나 처음 생긴 동생이었고 언니라는 역할이 처음이었던 나는 우리가 유치원생 시절부터 줄곧 동생의 보디가드를 자처했다. 계절이 몇 번이고 흘러 우리는 성인이 되었고 자연스레 멀어졌다. 같이 밥을 먹고 자전거를 나눠 타던 그 시절은 미세하고 흐릿한 기억으로 잠깐씩 상기될 뿐이었다. 나는 여기저기를 여행하느라 여전히 학생이었고, 동생은 어느새 대학을 졸업하고 종합 병원의 간호사가 되었다. 그러던 중, 하루는 동생으로부터 메시지가 왔다.

"언니야, 언니야는 그래도 좋겠다. 좋아하는 거 하면서 사니까. 살고 싶어 사는 건지, 살아야 해서 사는 건지, 나는 모르겠다."

메시지를 보는 순간, 말문이 턱 하고 막혔다. 가장 먼저, 나의 가족이 힘들어한다는 사실이 속상했다. 그리고는 산다는 것이 어쩌면 우리 마음대로 쉽사리 될 리 없는 현실에 좌절했다. 동생의 말처럼 우리는 이 세상에 태어났기 때문에 죽이 되든 밥이 되든, 어떻게든 흐르는 시간 따라 살아야 하니까, 그저 주어진 삶의 시간이 끝날 때까지 꾸역꾸역 하루를 견디고 있는 건지도 모른다. 혹은 일분일초도 허투루 쓰기 싫어 치열한 삶의 현장을 달리고 있는 것일지도 모르고. 나를 비롯한 대부분의 사람들은 흐르는 듯 산다. 그 속에서 가끔의 희열을 발견하면 그만이라고 생각하면서.

동생에게 힘내라는 너무 쉬운 말로, 전혀 힘이 되지 않을 말을 전하고 싶지는 않았다. 지금 너무 잘하고 있다고, 여태껏 잘해왔다고, 하지만 가끔 정말 힘들면 내려놓아도 된다는 말을 전했다. 그리고는 다시 일상을 살았다.

그로부터 몇 번의 계절이 다시 지났을까. 이모로부터 사촌 동생이 곧 일을 그만둘 거라는 이야기를 들었다. 희소식이었다. 휴가를 보내고 다시 출근을 해야 하는 동생이 스트레스로 인해 온몸에 심한 두드러기가 올라왔는데, 그 모습을 본 이모가 그까짓 일, 그만두라고 했다는 것이다. 이모는 딸의 마음을 너무도 몰랐다며 우셨다. 아마 여러 가지 속상한 감정들이 겹치셨을 거다. 사촌 동생은 퇴사를 한 날, 비행기 티켓을 끊었다고 했다. 방콕이었다. 마음 비우고 놀기에는 최적의 장소라고 내가 강력하게 추천했던 곳이었다. 여행을 떠난 사촌 동생에게 재밌게 놀고 있는지 물었더니, 이렇게 답장이 왔다.

"언니야, 사는 게 이런 거였나."

어떤 것이 정답인지 아무도 모른다. 훗날 우리는 스스로 포기하거나 선택한 일에 대해 후회할지도 모른다. 포기일 뿐인지 아니면 새로운 시작인지 알 수 없다. 그러나 비워내고 다시 채우기 위해, 어렵게 선택한 이 시간들은 결코 허투루 흐르지 않는다. 많은 마음을 흔들어 우리를 힘들게 했던 것만큼 이 세상은 무언가를 보여줄 것이다. 그녀는 또 다른 삶의 방식을 잠시나마 맛보았을 것이다. 아, 이렇게 사는 방법도 있었구나. 이렇게 산다면 어떨까 하고 상상했을지도 모른다. 잠시 쉬어도 인생은 무너지지 않으며, 내가 없어도 이 세상은 너무나 잘 돌아간다는 사실을 알았을 것이다. 이를 통해 조금이나마 무거웠던 내 인생에 대한, 내 가족에 대한, 내 사람들에 대한 책임이나

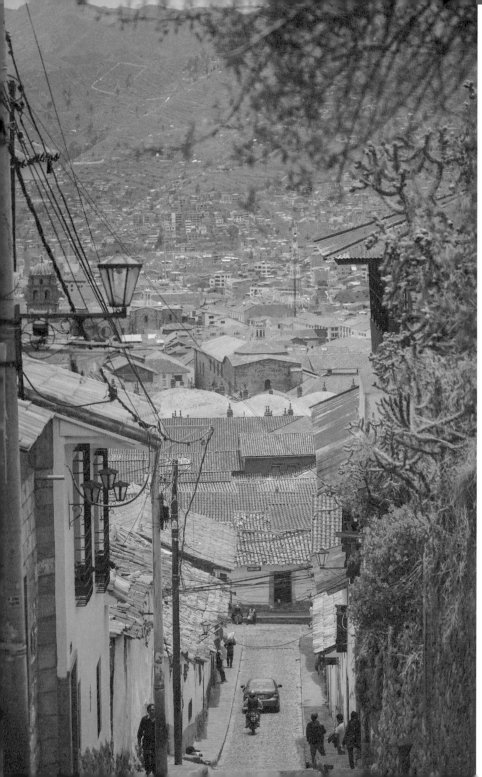

마음을 수월하게 내려놓을 수 있었을 거다. 대개 기회나 변화는 그런 곳에서 오는 듯했다. 내가 내려놓지 못하던 것들을 비워냈을 때 알게 되는 가볍고도 허무한 그 빈 공간. 그리고 그 공간을 채우기 위해 어떤 새로운 존재나 형체를 재생산하는 과정에서 만나는 설렘과 두려움. 그것들이 서로 공존하며 용기를 만든다. 그 용기는 우리를 조금 느슨하게 만들어, 이렇게도 해보고 저렇게도 걷게 만든다. 새로운 길을 찾을 수도 있고, 더 멀리 나아갈 수도 있다.

지금 사촌 동생은 작은 규모이지만 스스로 좋아하는 일을 찾아 하고 있다. 잘 지내는지 물으면 힘든 건 매한가지이지만 이전보다는 훨씬 만족하고 있다고 말한다. 완벽한 정답은 없다는 것을 안다. 각자 자신에게 맞는 해답을 찾아가는 것이 어쩌면 인생에서 가장 중요한 일이 아닐까. 자신이 좋아하는 일을 하며 살아가는 사람들은 역경을 쉽게 이겨낼 수 있는 힘이 있다는 그 말을 진심으로, 격하게 믿는다.

아름답게 늙어가는 일 ───────

서른을 목전에 두고

이유 모를 우울함으로 고민하는 나에게

인도 친구가 한 마디 던진다.

"Old is gold.

늙는 게 싫어? 나이를 먹는 건 아름다운 일이야."

많이
그리웠어 _____

새파란 바다, 뜨뜻미지근한 바람. 신나는 노래가 요란스럽게 귓가에 흘러 들어온다. 열심히 살아가느라 쪼그라든 내 마음이 어쩔 줄 몰라 했다. 기억하고 있지만 마구 옅어지던 감정 탓이었다. 이어폰을 끼고 가장 좋아하는 노래를 틀었다. 노래를 듣는다는 건 잔뜩 오글거리는 감정을 더욱 증폭시키겠다는 의미다. 눈을 감고 오로지 바람을 느꼈다. 요동치는 머리칼을 내버려 두는 것만큼 바람을 잘 아는 방법도 없다.

오랜만에 느끼는 이 느낌. 눈을 감았다 떴다가, 다시 눈을 뜨고 감

으며 실감했다. 그토록 그리워했던 곳에 내가 서 있음을 온몸으로 받아들였다. 꿈이 아니라는 사실을 자각하고 또 자각했다. 행복이라는 감정을 스스로에게 가져다줄 수 있는 최고의 방법이었다.

자고로 여행이란, 집으로 돌아올 요량으로 떠나는 행위라고 했다. 그렇다면 나는 집을 떠나왔다는 이유만으로도 이러한 감정을 느낄 수 있는 사람이었던 거다. 새롭고 무한한 감정을 온몸으로 느끼는 일, 감정은 옅어졌을 뿐, 잊히지는 않았던 것이다. 요동치는 감정들에 쑥스러워하다 이내 진정으로 이 순간을 직감하게 될 때 그제야, 내게 너무 필요했던 쉼이었다는 생각을 하게 된다. 돌아갈 일상이 있기에 지금이 더 빛날 터. 돌아가서도 이 마음 잊지 말고 살겠노라 스스로에게 약속한다. 세상에서 둘도 없을 스스로에게 솔직한 시간이다.

물속을 날다 ──────

하늘을 나는 느낌이었다. 스쿠버다이빙 장비를 메고 공기통에 의지한 채 두 팔과 두 다리를 벌리고 세노테 속 더 깊은 곳으로 떨어졌다. 수심 5m, 10m, 20m, 25m. 귀에 압박감이 가해졌고 그때마다 침을 삼키거나 이퀄라이징을 해가며 아무 변화 없는 배경 속으로 빠져들었다. 너무 긴장한 탓에 숨은 제멋대로, 강약 조절을 하지 못하고 들이쉬거나 내쉬기를 반복했다. 긴장과 설렘 사이를 반복하고 있으니, 점점 희미한 무언가가 보이기 시작했다. 요란한 감정은 이내 엄청난 경이로움으로 가득 차고 불안하고 가쁜 숨은 차분해졌다. 너무도 선명하게 보이는 수심 30m에 펼쳐진 장관이 믿기지 않았다. 구름처럼 보이는 형체 사이로 뻗은 나뭇가지들, 물방울들이 거꾸로 올라가는 벽들까지. 내가 하늘 속에 있는 건지, 물속에 있는 건지 알 수 없을 정도로, 벅찬 순간이었다. 이렇게 아름다운 것이 여기에 있었구나. 아무도 모르는 곳, 정말 은밀하고 깊은 곳에 말이다. 땅 위에 살아가는 것들의 소란 따위는 우습다는 듯 너무도 고요하고 우직하게 살아가고 있었다.

앙헬리타, 작은 천사라는 뜻을 지닌 이 세노테는 약 6,500년 전에 생긴 싱크홀이라고 한다. 겉으로는 그저 평범한 세노테이지만 아래에는 엄청난 풍경을 숨기고 있었다. 담수와 해수가 만나는 30m 지점은 황화수소층으로 가득해 안개나 구름 위를 떠다니는 느낌을 받을 수가 있다. 그 덕에 수많은 스쿠버다이버들의 꿈과 같은 곳으로 꼽힌다. 이제 막 스쿠버다이빙 자격증을 딴 나는 그곳을 보기 위해 아무도 모르는 용기를 냈다. 사실 꽤, 무서웠지만 말이다. 기압이 수시로 변하는 걸 보며 아래로 계속해서 몸을 던지던 순간의 긴장, 희미하게 보이는 나뭇가지의 거대함, 뿌옇게 펼쳐진 황화수소층 사이를 오가며 내가 사는 세계인 듯, 이 세상이 아닌 듯한 느낌을 느꼈다. 보고도 믿기지 않는 것들이 세상에 정말 많이 존재한다. 아무도 모르고 나만 아는 그 용기와 감정, 살아있는 내 눈앞에 펼쳐진 세상의 경이. 숨을 쉴 때마다 감사하게 여겨질 순간이다.

221

우리는 하나가 되었다 ————

당신을 본 지, 햇수로 4년에 접어들었다. 돌이켜보면 나를 향해 그렇게 환하게 웃어준 사람이 없었다. 한 지하철역 출구 앞, 작은 강아지를 안고 예쁜 미소로 손을 흔들고 있던 당신과의 첫 만남. 나는 당신의 미소에 꽤 놀랐었다. 사람이 웃는 게 저렇게 예쁠 수 있을까 싶어서. 어쩌면 그날, 나는 당신에게 첫눈에 반했을지도 모르겠다.

당신의 뒷모습만 봐도 눈물이 나던 순간이 있었다. 너무 좋아서, 좋아서 죽겠어서. 이 마음을 어떻게 하면 좋을지 이불을 걷어차며 고민했던 밤들이 수백 날이다. 좋은 것도 한때라 말해도, 그 찬란한 순간에 나와 당신이 있다는 사실만으로도 행복했다. 순수함으로 말갛게 물든 그것은, 사랑이었다. 요즘 들어 당신이 없었다면 내가 이렇게 살아갈 수 없었겠다는 생각을 자주한다. 좋아하는 일을 하며 재미나게 살아가고 싶은 마음과 안정을 얻고 싶은 마음이 팽팽하게 대립하고 있는 마음 사이에서, 매일 울며 살고자 발버둥 치는 내게 당신은 유일한 삶의 이유이자, 낭만이었으므로.

다른 것이 너무 많은 우리가 결혼을 한다. 넘어야 할 일이 태산이겠지만 당신과 함께하면 거뜬할 것 같다는 그 마음 하나로 말이다. 숨막히는 우유니의 새벽, 붉게 타오르던 조드푸르의 해 질 녘, 당신이 내게 꽃과 반지를 내밀던 순간. 글을 쓰는 지금, 몽글거리는 이 마음처럼 그렇게 당신과 내가 연둣빛 바람처럼 살아가면 좋겠다.

5월의 사이판, 한 이층집에 딸린 수영장 앞에서, 우리는 결혼을 했다. 사랑하는 가족들 앞에서 우리의 영원을 약속했다. 날이 더웠고, 모두의 땀과 눈물이 뒤섞여 내렸다. 절대 흐려지지 않을 기억으로 우리는 하나가 되었다.

그렇게 결혼한 지, 1년이 지난 지금. 잠옷 바지 위로 통통한 배를 내놓고 침대에 누워 영화를 보고 있는 당신의 일상을 보는 일이 즐겁다. 전에 쓴 글을 함께 읽다가 오글거린다며, 서로 몸서리쳤지만 옛 생각에 내심 기분이 좋다. 매일 티격태격하지만 이토록 함께 즐거울 수 있음에 감사와 사랑을 보낸다.

그것이 어떠한 용기일지라도 ────

오래전부터 돌아다니는 이야기 중 하나인데, 여행에는 세 가지 조건이 있다고 한다. 첫 번째는 돈, 다음으로는 시간, 가장 중요한 마지막은 용기. 아무리 돈이 있고 시간이 많아도 용기가 없으면 여행을 떠나지 못한다는 그런, 말이었다.

솔직하게 말하면 나는 용기가 생겨 여행을 떠날 마음을 먹었다고 할 수는 없다. 나의 여행은, 자유와 낭만으로 포장된 도피였고, 용기는 내가 만들어낸 게 아니라 절실함 속에서 저절로 생긴 무모함이었다. 나에게 누군가 여행을 떠나고 싶은데 용기가 나질 않는다고 이야기하면, 조금 더 시간이 지나면 길이 나올지도 모른다고 대답한다. 절실함이 무모함이 되고, 그 무모함이 용기가 될 수도 있으니까.

　무언가를 포기하고 하나를 선택하는 것을 용기라고 한다면, 우리는 둘 중 하나를 선택하는 용기를 가질 것이다. 하나는 조금 쉬어갈 용기일 것이고, 다른 하나는 지금을 지켜낼 용기인 것이다. 무엇을 선택하든, 결국 내 선택이고 내가 맞이할 나의 내일이다.

외로움에 대하여 _____

순간 세상이 멈춘 것 같았다. 여러 아름다운 풍경들을 보았다고 생각했지만, 세상에 나 혼자만 있다는 생각이 든 건 처음이었다. 길게 펼쳐진 백사장에 앉아 새파란 바다를 보고 있으니 이 순간이 거짓말 같다는 생각이 든다. 마치 영화 〈트루먼 쇼〉처럼 누군가 나를 시험에 들려고 만든 인공 바다가 아닐까 하는 생각이 들었을 정도니 말이다. 파도는 씩씩한 모습으로 일정하게 몰려왔고 얇은 구름들은 약속이라도 한 듯 제자리를 지키고 있었다. 바다는 너무 새파래, 누군가 그리다 만 그림이 아닐까, 내가 그림 속에 홀로 앉아있는 건 아닐까 생각했다.

곧고 길게 뻗은 새하얀 백사장에 앉아 하루를 보냈다. 눈을 감은 채, 보고 싶은 사람들을 생각했다. 외롭고, 많이 그리웠다. 가끔 발자국 소리가 나면 가슴으로부터 다급한 반가움이 올라왔다. 홀로 있고 싶어 떠나온 이곳에서 누군가와 함께하고 싶어지는, 그런 모순을 범하고 있었다. 그래도 어쩜, 외로움은 무한하고 보고 싶은 사람들이 끝없이 눈을 맴도는데. 혼자가 이렇게 재미없는 일이었나. 중요한 생각부터 모래알 마냥 작은 고민까지 생각하며 시간을 보냈다. 그러다 배가 고파지면, 텅 비어있다가 가끔 주문을 받으러 사람이 나오는 간이식당에 앉아 점심을 먹었다.

시간이 되면 해와 같이 바다는 가라앉았다. 둥실 떠있던 배의 움직임이 느려졌고, 알맞게 움직이던 파도는 빠르게 잠에 들었다. 아무것도 없는 곳에 홀로 앉아있다. 고요함과 적적함만이 바다를 겉도는 시간, 차가운 밤이다. 달의 빛을 이겨내고 나온 별들이 무수히 반짝인다. 그들의 힘을 빌려 나의 새벽을 보낸다. 외로이 또 하루가 지나간다.

우리들의 방비엥 ─────

가을의 라오스였다. 방송 프로그램에 라오스 방비엥이 나온 이후, 방비엥 여행은 인기가 하늘로 치솟았다. 그 덕에 라오스로 가는 길이 훨씬 편해졌다. 나는 친구들과 4년 만에 방비엥을 다시 찾았다. 비엔티안 공항에 내려, 다시 버스를 타고 3시간 30분을 더 달렸다. 도로 상태는 예전보다 나아졌지만, 여전히 멀미에 적응하긴 어려웠다.

새벽 3시가 넘은 시각, 방비엥은 예전 모습이 사라진 듯, 또 그대로 남아있었다. 아스팔트 길이 생겼고 식당에서는 한국말로 쓰인 메뉴판을 쉽게 찾을 수 있었다. 묘한 아쉬움이 들었지만, 주어진 시간은 고작 일주일. 서둘러 간절했던 그리움들을 만나야만 했다. 기억 속에서 꾸역꾸역 향수를 불러일으키던 라오스에서의 추억들, 쪼개진 기억을 곱씹는 것으로 만족해야만 했던 대단할 것 없는 버킷리스트를 이뤄야 했다.

예전엔 하루 숙박비가 3,000원 짜리인 숙소에 머물렀었는데, 다시 찾은 지금은 화려한 건물과 멋진 뷰, 수영장까지 갖춘 완벽한 호텔을 예약했다. 순조롭게 체크인을 하고 무작정 밖으로 나섰다. 방비엥 특유의 고요한 새벽이었다. 뜨거운 밤이 남긴 흔적을 곳곳에서 볼 수 있었다. 늦은 시간에도 샌드위치를 파는 상인이 있었다. 메뉴는 어디나 비슷하다. 마음이 끌리는 곳으로 가면 된다. 대부분 메뉴는 똑같고, 맛있으니 걱정하지 말 것. 그리웠던 방비엥 샌드위치를 주문했다. 물론, 수박주스도 빼놓지 않는다. 주문을 받자마자 어디선가 마법처럼 나오기 시작하는 재료들. 치킨과 빵 굽는 소리, 양파 볶는 소리, 코를 간지럽히는 이 맛있는 냄새들. 이거다. 바로 지금 이 느낌. 도대체 이 샌드위치가 뭐라고 그렇게 그리웠을까. (먹어본 사람은 이 묘한 감정을 알 테다.) 아침에 일어나서 물도 마시지 않은 채로 마른입에 샌드위치를 한입 가득 먹고는 했었다. 처음에는 이 큰 걸 어떻게 먹냐며, 손사래 치지만 이내 한입 맛보고 나면 그 큰 샌드위치 하나 다 먹는 것쯤은 식은 죽 먹기였다. 이 때문에, 라오스에서 몸무게가 3kg나 쪘었지만 말이다.

　난 방비엥의 그림 같은 배경을 좋아한다. 길을 따라 수많은 여행
사들이 줄지어 있다. 역시나 내가 끌리는 곳 중에 몇 군데를 골라 들
어갔다. 한나절 유유자적하게 보내고 싶은 마음에 튜빙을 신청했다.
내 몸만 한 큰 튜브를 타고 온몸에 내리쬐는 햇볕을 기꺼이 받아들이
며 흐르는 강물을 따라 유유히 흘러간다. 거꾸로 고개를 꺾어 산을 바
라보고 있으니, 시간이 흐르는 게 아니라 어쩌면 멈춰져 있는 것일지
도 모르겠다는 생각이 든다. 물 흐르는 소리, 새파란 하늘, 녹음이 진
돌산과 적정한 바람. 눈을 감고 주어진 오감을 느껴본다. 그러다 한
상가에 가까워지면 음악 소리가 울려 퍼지는데, 그것은 우리가 잠깐
쉬어갈 때가 되었다는 것이다. 비어 라오 하나를 시켜 강가에 앉아 벌
컥벌컥 원샷을 했다. 기분이 무지하게 좋다. 조금의 욕심도 필요 없
는, 가까운 곳에 행복이 있었다는 생각이 든다. 방비엥이 이토록 사랑
받는 이유는, 너무 많은 일을 할 필요가 없기 때문일 것이다.

그럼에도 불구하고, 방비엥에서 꼭 하면 좋을 것

1__ 아침에 세수도 하지 않고 나와서 샌드위치 먹기

(반드시, 수박주스도 포함시킬 것.)

2__ 마음이 끌리는 여행사에 들어가 빌린 큰 튜브를 타고

강물 따라 내려오기

3__ 멋진 광경이 눈앞에 보이는 레스토랑에 앉아

비어 라오 마시기

4__ 블루 라군이 아닌 시크릿 라군 가기

5__ 밤에는 유명한 바에 가서 잠깐 정신을 놓은 채 춤추기

그렇게 저녁이 되면 방비엥 특유의 혜택, 저렴한 가격으로 무장한 식당들이다. 어떤 가게에 들어가도 가격은 저렴하고 맛은 평균 이상이니, 또 끌리는 곳으로 들어가 배 터지게 한 상 먹으면 된다. 비어라오는 이때도 빠지지 않는다. 그렇게 거리를 누비다 마사지를 받거나, 분위기 좋은 펍에 가서 춤을 추고, 길에서 만난 여행자들과 이야기를 나눴다. 내일이 기대되는 건 참 오랜만에 느끼는 감정이었다. 단순하고 유치한 어린 시절로 돌아간 것처럼 나와 친구들은 그렇게 일주일을 보냈다. 나와 이 시절을 함께 보낼 친구들이 있다는 것, 그리고 우리에게 기억될 방비엥이 있다는 것. 그것만으로도 나는 너무나 큰 축복을 누린 사람이라 생각한다.

진한 시간들 _____

여행이 끝난 직후에는 모든 기억이 부드러워진다. 아무 생각 없이 씹었던 샌드위치, 오순도순 앉아 밤늦게 끓여 먹은 라면, 샤워 후 침대에 거꾸로 누워 에어컨 바람을 쐬던 계절마저. 나의 자그마한 기억은 무엇과도 바꿀 수 없을 에너지를 낸다. 내 가슴속에만 있는 기억이지만, 그렇기에 나만 안다. 그 진한 시간들을 말이다.

세상에 불가능한 것이 있다면 그리운 시간을 거스르는 일일 텐데, 보고 싶어질 시간들은 참으로 빨리 흘러간다. 눈 깜박할 사이 도착해버린 여행의 마지막 날, 여행의 첫날을 생각하면 괜히 가슴이 저

릿하다. 늘 그래왔듯 시간이 흐르면 그때 그랬지, 좋았지, 행복했지 등 평범한 기억으로 돌아서겠지만 지금, 이 여행이 끝나갈 즈음엔 그게 참 어렵다. 아예 집으로 돌아간 것도 아니면서 이미 돌아간 것보다 더 아쉬운 마음으로 생각한다. 고단하고 힘겨웠던 감정 따위는 어느새 별것 아닌 추억이 되고, 즐거웠던 순간들이 모여 미화하기 딱 좋은 상자에 담겨 나온다. 뭐, 조금 미화되면 어떠한가. 그림 같은 곳에 우리가 함께 있었다는 사실만으로도 이미 과분한 시간이었으니 괜찮다. 돌아가서 며칠은 그리워하느라 정신이 없겠지만 이내 또 씩씩하게 살아가다 보면 또다시 이 그림 같은 곳에 우리가 함께 있을 것이라 믿는다.

그렇게 잠시 떠나온 꿈을 걸어, 다시 집으로 간다.

그날, 카리브 해의 밤 ──────

차마 어두워지지 못한, 진한 푸른빛의 구름들이 떠있는 하늘 아래.
뜨거운 목소리를 지닌 그의 선율, 내 눈 위의 야자수.
흔들리는 그것들 사이로 옅게 펼쳐진 별이 빛났던 밤.
모히토도 한잔했겠다, 알딸딸하고 조금은 어지러운 밤이었다.

몹쓸 걱정들과 소란스러운 생각들은 잠시 어디로 갔는지,
'될 대로 되라' 하며 인생에 대한 자신감이 불끈 나오던 날.
그날의 기분 좋은 바람의 길을 잊지 못한다.
술의 힘인지, 아니면 내가 여행을 떠나왔기 때문인지는 모르겠다.

카리브 해를 앞에 두고 불어오는 여름 바람에 잠깐 눈을 감았던 순간,
그 순간으로 나는 살아간다.
이 시간을 기억하고 기억해, 그리워하고
그 그리움을 언젠가 다시 만나기를 염원하면서 말이다.

작고 여린 것들로 하여금 인생은 빛을 내고,
그 빛으로 우리는 일상을 산다.

완벽한 안전은
그 어디에도 없다 _____

교통사고가 났다. 그것도 이 아름다운 나라, 바하마에서. 처음 겪는 큰 사고에 너무도 놀라 웃음과 눈물이 동시에 나왔다. 미친 사람처럼 보였을 법도 하다만, 상상만 하던 일 중에 좋은 일이 이루어지는 것보다 좋지 않은 일이 이루어지는 쪽이 훨씬 더 충격적이라는 사실을 알았다.

내가 여행을 다니며 만난 바다 중에 가장 아름다웠던 엑수마의 섬들을 마음껏 누리다 돌아오는 길. 마음은 뜨거운 무언가로 차있었고, 사랑하는 누군가에게 어서 이 이야기를 전하고 싶어 간질거렸다.

투어가 끝난 뒤 경비행기를 타고 공항에 내려 숙소로 돌아가기 위해 택시를 잡았다. 정해진 운명이었는지, 평소와 달리 한 차례의 협상 실패도 없이 수월하게 택시 기사님을 만났다. 30분쯤 달렸을까. 일찍 일어난 탓에 몸뚱이는 녹초가 되어 의자에 눕다시피 있었는데, 갑자기 쾅 하고 무언가가 택시를 들이박았다. 순간 정말이지, 미리 시뮬레이션이라도 했었던 것처럼 '내 인생에도 이런 일이 일어나는구나' 했다. 그 생각을 하는 와중에도 차는 역주행을 했고 타이어가 터지고 백미러가 덜렁거리다 다 떨어지고 나서야 멈춰 섰다. 그 짧은 순간 동안에도 '아, 우와. 이러다 죽는 거구나. 원유리, 내 인생이 끝나는 게 진짜가 될 수도 있겠구나' 하는 생각에 동공이 무지하게 흔들렸다. 엄마와 아빠가 생각났다. 나 때문에 슬퍼할 부모님의 모습이 그려져 끔찍했다. 이내 조수석에 타고 있던 오빠가 보였다. 다 떨어진 문을 열고 기어가다시피 인도에 가 주저앉았다. 경황이 없는 와중에도 본능적으로 오빠를 찾았고, 큰 상처 없이 조수석 문을 열고 나오는 그를 보자 심장이 쿵쾅거리며 눈물이 나왔다. 그가 크게 다쳤을 수도 있었겠다는 생각에 오빠를 붙잡고 한참을 울었다.

"내가 살아온 모든 일들이 꿈이 되는 줄 알았어. 오빠를 잃는 줄 알았어. 진짜 무서웠어. 미안해."

믿기지 않지만, 망할 이 순간이 현실이었다. 나는 큰마음을 먹고 거액을 들여 이 아름다운 나라로 휴가를 왔고, 택시를 타기 1분 전까지는 굉장히 신나는 마음을 안고 있는 사람이었다. 그리고 누군가에 의해 교통사고를 당하고, 눈물과 콧물을 흘리며 허리를 부여잡고 인도에 쭈그리고 앉아있는 사람 역시 나다. 최고와 최악의 순간이 동시에 찾아온 듯했다. 누군가 나를 한 대 때리고 지나간 것처럼 멍했다. 허리에 미세한 통증이 있었지만, 누구도 크게 다치지 않아 천만다행이었다. 죽지 않아서, 다행이었다.

이후 경찰이 와서 이것저것 물으며 조사를 했으나, 따로 우리를 병원에 데려다주지 않았다. 우리가 당장 새벽에, 멕시코로 떠나는 비행기를 타야 한다고 했음에도 크게 신경 쓰지 않았다. 해줄 수 있는 게 없다는 칼 같은 답변만 돌아왔다. 세상에 어쩜 저리 냉정한 사람이 있을까 싶을 정도로 화도 나고 속상했지만 이 나라의 법인가 보다 했다. 미안하다는 소리 하나 없는 택시 기사님을 뒤로하고 다른 택시에 실려 가는 우리의 꼴이 너무도 안쓰러웠다. 야속하게도 돌아가는 길은 내가 제일 좋아하는 시간, 해 질 녘이었다. 나소의 바다 위를 떠다니는 구름은 어쩜 저리도 아름다운지. 긴장했던 마음이 사르르 부서져버리는 느낌이었다. 그나마 하늘이라도 아름다워 다행인 건가. 정신이 혼미했다. 더불어 지금까지는 내가 운이 대단히 좋았던 것이었

을 뿐, 완벽하게 안전한 곳은 없다는 생각이 들었다.

파도에 쪼개어진 빛들이 하나둘 흘러오는 바다를 보며 생각했다. 어쩌면 이 아름답고 거지같은 오늘이 인생에 꼭 필요한 순간이었을 수도 있었겠다고. 하루하루를 당연하게 생각했던 일이 죄스러웠다. 사랑하는 사람들에게 더 자주 진심을 표현해야겠다고 생각했다. 내일이 없을 것처럼 살아야 한다는 말이 어떤 건지 조금은 알 것 같았다. 인생은 어차피 한 번이고, 언제 끝이 날지도 모른다. 하고 싶은 대로만 살 수는 없겠지만 후회는 없을 삶을 단 하루라도 더 살아야 하지 않겠는가. 최악의 하루였으나 다른 한편으로는 너무도 감사한 하루였다. 그래도 다시는 이런 일은 만나지 말자.

프리덤 길리

인도네시아 길리. 우리가 잘 알고 있는 인도네시아 발리에서 비행기를 타거나 배를 타면 도착할 수 있는 곳이다. 작은 세 개의 섬이 옆으로 나란히 모여있는, 자동차나 오토바이가 다닐 수 없는 작은 섬이다. 그렇기에 현지인은 물론 여행객 모두 섬 안을 자전거로 누비거나, 짐이 많으면 마차를 이용하곤 한다. 나는 길리에 머무는 내내 자전거 하나를 빌려 섬을 유영했다. 윗옷을 훌렁 벗어 던지고 비키니만 입고서 말이다.

한 번도 이렇게 입은 채로 다닌 적이 없었지만 어쩜, 이렇게 가볍고 자유로울 수 없다. 맨살에 달라붙는 달짝지근한 여름 바람이 이리도 좋은 거였다니. 자전거를 타고 온 섬을 둘러본다. 내가 좋아하는 밥집은 어디로 할 건지, 해 질 녘 뷰 포인트는 어디로 향할지, 별을 보기 좋은 장소는 어디인지 물색하면서 말이다. 나만의 가이드북을 만드는 지금, 이 순간은 세상에서 내가 제일 자유롭다. 너무도 달콤한 자유다.

맛있는 여행 ─────────

이 글을 쓰기에 앞서, 나는 진정한 '한식파'라는 사실을 먼저 알린다. 지난 10년간 여행을 했다. 아르바이트를 하며 패기 넘치게 여행을 다녔던 6년 동안은 맛있는 음식을 먹어본 게 손에 꼽는다. 당시에는 맛있는 음식을 먹는 즐거움보다는 여행 그 자체에 초점을 맞췄다. 한두 끼쯤 굶어도, 하루 종일 공원 벤치에 앉아있는 것만으로 배부를 때웠으니까. 하지만 세월은 흘렀고, 삼시 세끼 밥을 먹지 않으면 허전한 나이가 되었다. 책을 출간하면서 여행 작가라는 직업이 생겼고, 넉넉하지는 않아도 여행하고 먹고살만큼의 수입이 생겼다. 이전에 양껏 먹지 못했던 설움을 털어버리려는 듯이 이제 내 여행의 가장 중요한

것 중 하나는 맛있는 음식을 먹는 것이 되어버렸다. 세상은 넓고 맛있
는 건 너무나도 많다. 이 즐거움을 나누고 싶어, 그중에서도 가장 기
억에 남는 도시 몇 군데를 소개하려고 한다.

1— 스페인 바르셀로나

2012년 겨울, 바르셀로나에 도착했다. 안토니 가우디가 누구인지 제대로 알지도 못했던 시절, 그저 유명한 도시라는 이유 하나로 무턱대고 온 게 화근이었다. 다른 유럽의 도시들과 비슷한 풍경에 큰 매력을 느끼지 못해 다시 오게 될 일은 없을 거라는 생각으로 일주일을 보냈다. 돈이 부족했기에, 파에야를 먹기 위해 동행을 구해야 했고, 상그리아 1잔을 무려 1시간에 걸쳐 아껴 먹었다. 지금 생각해보면, 다소 궁상맞기도 하지만, 그때는 그랬다. 그리고 5년 후, 나는 결혼을 했고 남편은 가우디를 너무나 사랑하는 사람이었다. 그렇게 나는 두 번째 바르셀로나를 만나게 되었다. 한여름의 바르셀로나는 겨울과는 완전히 달랐다. 도시의 뜨거운 열기에 몸 둘 바를 몰랐다. 거리에는 관광객들로 넘쳤고, 식당에는 사람들로 꽉꽉 차있었다. 가장 기억에 남는 식당은 바로, 비나투스. 지인의 추천으로 찾아간 곳인데, 현지인과 관광객으로 이미 북적이고 있었다. 30분의 대기 끝에 테이블 바에 착석했다. 인기 많은 식당답게, 저렴한 가격은 아니었기에 많은 메뉴를 시킬 수는 없었고 지인이 추천한 메뉴 두 가지와 맛있어 보이는 메뉴 한 가지를 주문했다. 꿀 대구, 맛조개, 게살 샐러드 그리고 빠질 수 없는 상그리아. 음식이 나오는 데는 긴 시간이 걸리지 않았다. 내 앞에 놓인 음식을 카메라로 후다닥 찍었다. 어차피 다시 볼 사진이 아니라는 것을 알지만, 그렇게 찍어야만 비로소 음식을 먹을 준비가 된 것 같다. 먹을 준비 완료. 아주 엄숙하고 경건한 마음으로 꿀대구살을 잘 랐다. 부드러운 카스텔라가 우유에 빠진 듯 바스라졌다. 소스와 야무 지게 버무려 한입 먹었다. 크, 감탄이 절로 나왔다. 달콤짭짤한 맛조 개를 하나씩 뽑아먹는 재미도 쏠쏠했다. 대구살에 샐러드를 올려 그 토록 먹고 싶었던 상그리아까지 한 잔. 배가 불러올수록 아쉬움도 커 졌다. 바르셀로나를 떠나기 전에 두 번은 더 올 것이라고 다짐했다. 가격이 조금 부담스러웠지만 그럼에도 완벽한 나의 점심시간이었다.

2 — 포르투갈 리스본

하루 종일 비 소식이 있던 날이었다. 리스본 시내에 도착해 캐리 어를 끌고 돌길을 걸었다. 모든 건물은 똑같이 생겼고, 내가 예약한 호스텔을 찾는 일은 예삿일이 아니었다. 추적추적 떨어지는 비. 그렇 게 묻고 또 물어 30분 만에 도착한 리스본 첫 숙소. 겨울이었지만, 호 스텔 대문을 여니 따뜻함이 밀려왔다. 안도감에 몸이 녹을 지경이다. 이어 주인의 환대가 이어졌다. 방 소개를 해주고, 호스텔 사용법을 친 절하게 알려준다. 그리곤 그가 덧붙이는 말.

"저녁 먹었나요?"

"아니요. 짐 놔두고 슈퍼마켓에 다녀오려고요."

"아니에요. 오는 길에 고생했을 테니, 오늘 완벽한 저녁을 내가 만들어줄게요."

의아했다. 부담스러울 만큼 큰 환대에 조금 의심되기도 한 게 사
실이다. 하지만 씻는 게 급선무였던 동생과 나는 따뜻한 물로 샤워를
한 뒤 숙소 한 귀퉁이의 테이블에 자리를 잡았다. 그는 장을 보러 다
녀온 듯 보였다. 잠시 부엌에 갔더니, 여기저기에 감자 껍질과 양파
껍질이 한데 섞여 뒹굴고 있었다. 그리고 그는 노래를 부르며 요리를
하고 있다.

'아, 원래 이렇게 밝은 성격을 가진 사람이구나. 아니면 오늘 되게
기분 좋은 날이었을 수도 있어.'

재미난 부엌 상황을 본 뒤에서야 그에 대한 경계를 풀었다. 30분
쯤 더 지났을까. 맛있는 냄새가 나기 시작하고 따뜻한 공기에 잠이 솔
솔 오기 시작할 때쯤 그가 음식을 들고 나왔다. 아직도 생생하게 기
억난다. 아까 깎던 감자와 양파는 어디로 갔는지 모를, 처음 보는 동
그란 모양의 면으로 만든 크림파스타. 푸짐한 양이었다. 고맙다는 인
사를 수십 번 전하고 포크를 들었다. 순식간이었다. 먹음직스러운 생
김새는 아니었지만 단번에 다 먹어버렸다. 촉촉하고 쫀득한 면을 베
어 물면 크림의 향이 입 안으로 퍼졌다. 수제비도 아닌데, 몰캉몰캉하

게 씹히는 맛이 정말 죽여줬다. 와인을 곁들이면 너무 좋겠다는 생각을 했다. 창밖에는 여전히 비가 내렸다. 마음도, 배도 몹시 부르다. 주인은 우리를 보며 흐뭇해했다. 다시는 그렇게 따뜻하고 맛있는 크림파스타를 먹지 못할 것이라 생각했다. 그 이후에도 몇 번이고 나는 그 동그란 면을 찾으려고 슈퍼마켓으로 향했다. 지금은 그 파스타 이름이 '콘킬리에'라는 걸 안다. 동생은 여행하면서 먹었던 음식 중 가장 맛있는 것으로 꼽았다. 그리고 매년 겨울이 오면 그 파스타 이야기를 꺼낸다. 7년이 지난, 지금까지도 말이다. 지금도 종종 콘킬리에를 보면 그가 생각난다. 한겨울의 리스본, 창문이 열려있어 온기와 한기가 공존했던 그 호스텔 리셉션에서 먹었던 동그란 면의 크림파스타. 상큼한 귤까지 후식으로 준비해주었던 주인의 마음 덕분에 더 맛있었을지도 모르겠지만, 지금까지도 내 인생에서 손에 꼽는 저녁 식사다.

3— 네팔 카트만두

갑자기 네팔 음식이라니, 사람들은 조금 낯설지도 모른다. 실제로 네팔 음식은 정말 맛있고, 특히나 네팔인들이 요리도 끝내주게 잘한다. 하지만, 지금 내가 이야기할 음식은 네팔 음식이 아닌 네팔 카트만두에서 먹었던 한식이다.

바야흐로 2015년 1월. 아시아를 여행하려고 태국부터 라오스, 말레이시아를 거쳐 네팔로 향한 나름의 장기 여행 중이었다. 그랬기에 몹시 한식을 갈망하던 상태였다. 전기가 없어 촛불 혹은 휴대폰 라이트를 켜둔 채로, 밥을 먹고 샤워를 했었기에 그것들의 사용량을 아끼고자 매일 밤마다 어둠 속에 누워 먹고 싶은 음식을 생각하다 잠들기 일쑤였다. 이토록 한식을 먹고 싶어 하는 나를 보며 같은 숙소에 머물던 동생 Y가 기분 좋은 제안을 했다. 네팔에서 파는 한식이 정말 맛있다고, 시내에 한식을 정말 맛있게 만드는 식당이 있다며, 조만간 먹으러 가자는 것. 나는 단숨에 오케이를 외쳤다. 처음으로 시내로 향하던 날, 우리는 버스를 타고 한 시간이 넘는 시간을 달려갔다. 버스가 시내에 가까워질수록 나는 점점 더 기뻤다. 우습지만, 맞다. 고작 밥 때문이었다. 카트만두에서 제일 번화한 타멜 거리에 위치한 식당. 굉장히 한국스러운 상호명이었는데, 대장금이었는지, 정원인지, 소풍인지 정확히 기억이 나질 않는다. 아무튼 기쁜 마음으로 들어가 한국말을 아주 유창하게 하시는 사장님의 인사를 받으며 자리에 앉았다. 한국 고기 집에서 흔히 볼 수 있는 테이블을 보고 있으니, 왠지 모를 친근함이 들었다. 자리에 앉아 메뉴판을 열었다.

아. 이거다. 이거야! 친절하게도 사진과 함께 나열된 메뉴들. 잡채, 김치전, 김밥, 라면, 불고기, 제육볶음, 쌈밥……. 몹시도 그리웠던 것들의 총 집합체였다. 김치전과 비빔국수 그리고 갈비찜을 주문했

다. 많은 한식 중에서 몇 가지를 선택하는 건 어려웠지만, 제일 먹고 싶었던 것으로 결정했다. 요리가 나오는 데 꽤 오래 걸렸지만 별 문제 없었다. 음식을 기다리는 동안 느낀 설렘은 지금도 말로 표현하지 못할 정도였으니까. 주문한 음식들이 나오고 내 마음은 극도로 흥분되기 시작했다. 김치전을 잘라 한입 베어 무는데 순간 한국으로 돌아간 것 같은 착각이 들 정도였다. 진짜, 진짜로 맛있다. 아니, 이건 한국에서 먹었던 것보다 더 맛있다. 바삭바삭한 전에 아삭한 김치들. 김치 맛은 어떻게 이렇게 잘 냈는지 궁금했다. 대단한 맛이었다. 비빔국수는 소면이 아닌 스파게티 면으로 만들어지기는 했지만 제법 매콤한 맛을 내어 갈증을 해소하기에 충분했다. 그렇게 나는, 흰쌀밥에 달콤하고 달큰한 갈비찜 양념을 삭삭 비벼 두 그릇을 해치웠다. 지금까지도 한식은 네팔이 최고라고 자부한다. 정말이다. 밑반찬으로 나온 김치와 시금치, 깻잎까지 한 상 푸짐하게 차려져 나를 기다리고 있는 음식들을 보는 것만으로도 배가 부른 느낌이 들었다. 타지에서 맛있는 한식을 먹는 일이 이렇게나 행복한 일이란 말인가. 지금도 군침이 도는 게, 조만간 네팔로 가야겠다는 생각이 들었다. 언젠가 내가 네팔에 있다는 소식이 들린다면, 오늘 이 글을 쓰면서 결정한 여행일 것이다.

너도 흙, 나도 흙,
우리는 흙 _____

항간에 떠돌아다니는 글을 하나 봤다.

'어차피 모든 것은 다 흙으로 돌아간다. 흙이 무섭나?'

남의 눈치를 너무 보고 산다는 어느 팬의 말에,

어떤 배우가 한 대답이란다.

그래, 어차피 우리는 모두 다 흙으로 돌아가.

그런데 뭐가 그렇게 무섭다고, 괜찮아!

불안해도 괜찮아요 _____

그럭저럭 괜찮은 삶을 살고 있다고 만족하다가도 가끔 알 수 없는 파도에 묻혀버리는 날들이 있다. 내 존재가 하찮고, 보잘것없다는 생각이 들었다. 나만 이렇게 불안한 걸까. 다른 사람들의 소식을 접하게 되면 기가 죽기 십상이다. 내 속마음과 그들의 겉모습을 비교하고 있는 거라는 사실을 뻔히 알면서 말이다.

힘든 일이 나를 마구 괴롭힐 때는 조금 느리게 가기로 했다. 엄마는 내 손을 잡고 힘든 일로 가득 찬 게 인생이라고, 그러다 다시 좋은 일이 생기면 잠깐 힘든 일을 잊고 살아가는 거라고 말해주곤 했다. 그

런 엄마의 말을 떠올리며 힘든 일이 있을 때는 곧 좋은 일이 있으려고 잠시 힘든 거라고, 좋은 일을 위해 마음을 비우는 준비 과정에 있는 것이라고 믿는다. 힘들고 좋은 일이 한때에 공존한다는 점에서 여행과 인생은 더없이 닮았다.

내 나름대로 배낭여행을 정의하자면, 계획대로 되는 건 없고, 혼자라 외롭고, 춥고, 배고픈 날을 영위하다 지칠 때쯤 만나는 하나의 기분 좋은 감정, 그 하나의 기분 때문에 모든 날들이 행복했다고 믿게 되는 행위, 그래서 자꾸만 떠나게 만드는 일이라고 하겠다. 그렇게 힘든 기억들을 발판 삼아 역경에도 무던하게 대처할 수 있는 사람으로, 행복한 일을 평생 기억에서 보살펴가며 내일을 사는 에너지로 만드는 사람으로 거듭난다. 인생도 이와 마찬가지로 오늘을 이겨내면 내일은 조금 더 쉬워지고 단단해질 테다. 알 수 없는 상처들로 켜켜이 쌓여가는 와중에도 어떤 단어로도 형용할 수 없는 희열이나 삶의 기쁨도 가끔은 마주할 것이다.

꽃이 피었다가 지고, 다시 찾아오는 것처럼 우리도 슬쩍 왔다가 가는 계절을 안으며 살아갈 것이다. 우리 모두가 좋아하는 계절만 걸을 수 있다면 좋으련만, 꼭 그렇지 않더라도 결국 우리는 사계절을 온전히 잘 버텨내며 잘 살아갈 것이니 그렇게 우리는 스스로를 믿고 더 나아간다.

277

잔지바르의
슈퍼 호스트 _____

8월 12일. 기억을 잊지 않기 위해, 잊어버리기 전에 일기를 쓴다.

오늘은 모든 게 귀찮았다. 나는 아무런 계획이 없었고 숙소 체크
아웃은 30분 남짓 남았다. 환율은 올랐고 곧 이동할 지역의 숙소는
모두 예약된 상태라 지금은 예약이 불가능하다는 답변만 돌아왔다.
만사가 귀찮은 이유를 대자면, 많았다. 힘이 빠졌고 한 발자국도 움직
이기 싫었다. 괜한 외로움에 너무 지쳐버린 탓이라고 해두자.

배낭에 옷가지들을 쑤셔 넣으며 짐을 쌌다. 떠날 채비가 완료되

었음에도 기분이 나아지지 않는 건 확실했다. 늘 웃고만 있었는데, 그 날따라 입꼬리가 삐죽 내려간 나를 본 호스트가 물었다.

"왜 이렇게 힘이 없어, 유리?"
"지금 너무 피곤해. 어디로 가야할지도 모르겠어. 신발도 사고, 돈도 뽑아야 하는데 모든 게 다 귀찮아. 되는 게 없네."
"그것들만 해결되면 다시 웃을 수 있겠어?"
"아무렴, 당연하지."
"그렇다면! 내가 널 곧 행복하게 해줄게. 일단 바다로 가. 바다로 가면 기분이 나아질 거야. 바다로 가는 길에 드라이버가 ATM 기계 앞에 세워줄 거고, 물론 신발 가게 앞에도 내려줄 거야. 그럼 너는 많이 걸을 필요도 없이 네가 필요한 걸 얻을 수 있겠지? 그리고 마지막, 숙소는 걱정 마. 숙소를 구할 때까지 너의 뒤에서 보디가드가 되어줄게. 하쿠나 마타타."

해결사라도 된 듯, 그는 내가 가진 문제들을 모조리 해결해주었다. 분명한 이유도 없이 칭얼거린 내가 정말이지 부끄러웠다.

"너를 만난 건 굉장한 행운이야. 네가 왜 슈퍼 호스트인 줄 알겠어."
"내가 만약 너처럼 하얀 피부였다면, 지금쯤 홍당무가 되었을 거

야. 어쨌거나, 하쿠나 마타타! 이곳에서는 슬퍼하지 마."

처음 그를 만났을 때가 떠올랐다. 새벽 5시, 잔지바르에 도착해 좋은 에너지만 가득 가지고 1등으로 입국 심사를 끝냈더랬다. 이른 새벽에 도착하는 일정이었기에 픽업 신청을 해뒀는데, 그렇지, 제대로 풀리면 내 여행이 아니지. 공항 앞에 서 있는 픽업 드라이버 중에 내 드라이버는 없었다. 진짜 여행의 시작이다. 내 이름은 유리라고, 혹시 알버트가 여기에 있냐고 외치고 다녔지만, 그들은 단지 나를 자신의 승객으로 태우겠다는 마음뿐이었다.

여기서 무너질 내가 아니었다. 휴대폰을 빌렸고, 호스트에게 전화를 걸었다. 여러 번의 통화 끝에, 호스트는 전화를 받았고 방금 깬 목소리로, 지금 가고 있으니 10분 후면 도착한다고 했다. 얼마나 지났을까. 정말이지 큰 차의 창문을 내리고 그 안의 누군가가 내 이름을 외쳤다. 그리고 그가 차에서 내렸는데, 차가 왜 그렇게 큰지 단번에 알 수 있었다. 키가 190cm가 넘을 것 같다. 아니, 어쩌면 2m가 넘을지도 모른다. 악수를 했는데 내 손이 숨어버렸다. 미안하다고, 늦잠을 자버렸다고 그가 솔직하게 이야기한다. 예전에는 일이 풀리지 않으면, 나는 운도 참 없다며 매번 짜증만 내곤 했는데 요즘은 무슨 일이 생기면 어떻게든 해결될 거라는 생각을 한 뒤 최대한 이성적으로 해결 방법을 찾는 편이다. 수십 번의 여행의 시작을 겪고 나니 해결 방법에도 순서와 노하우가 생긴 것 같다. 어쨌든 해결되었으니, 걱정과 스트레스는 다 잊기로 한다. 그게 정신 건강에 좋다. 여행의 시작에서는 더더욱 중요하고. 큰 차에 내 배낭과 나만 실려 출발했다. 덜컹, 덜컹. 오랜만의 여행, 혼자 멀리도 왔다. 겨울의 나무 타는 냄새가 났다. 옅은 냄새에도 괜한 안정감을 느꼈다. 붉은 아침이 밀려오고 있었다. 새소리와 기도 소리가 공존하던 잔지바르에 도착했다. 나의 첫 아프리카였다.

집 주인 알버트와 그의 친구인 이름 모를 드라이버, 우리 셋은 바다로 향했다. 가는 길에 마음에 드는 신발도 샀고, ATM에서 돈도 인출했다. 바뀌는 풍경들, 좋은 친구들, 그 속을 여행하는 내가 좋았다. 외롭고 우울했던 기분이 빠르게 나아지고 있었음을 직감했다. 능귀 해변에 도착해 5만 원짜리 숙소를 잡았다. 싱글 룸이었고, 개인 화장실도 있었다. 침대는 누우면 등이 바닥에 닿을 정도로 오래되었고 친절하게 매달려있는 모기장은 때가 많이 탄 것이었지만 다시 나의 공간이 생긴 것으로 만족했다. 알버트와 인사했다. 작별 인사였지만 그렇지 않다는 듯, 우리는 헤어졌다.

짧은 만남과 순식간의 이별이었으나 그 시간으로, 한 번 더 내가 다른 사람이 된 것처럼 느껴졌다. 그의 도움이 없었다면 여전히 나는 예민하고 외로운 여행자였을지도 모른다. 내가 이곳으로 떠나왔기 때문에 만날 수 있었던 사람. 잔지바르를 생각하면 알버트가 가장 먼저 생각나는 걸 보니 우리는 꽤나 운명적인 인연이었나 보다. 언젠가 내가 다시 잔지바르에 돌아가는 날, 이번에는 내가 그의 기분을 풀어줄 날이 오면 좋겠다고 생각했다. 가끔 얼마나 아름다웠는지 중요치 않은 곳이 있다. 대신에, 만났던 한 사람으로 인해 절대 잊히지 않는 곳이 있다. 잔지바르와 알버트처럼.

생각이 많은 밤 ────────

해가 지고 보랏빛으로 세상이 물들던 날의 오후. 창문에는 선선한 가을 서리가 끼었다. 희미하게 보이는 바깥에는 개인의 삶을 실은 차들이 불빛을 내며 어디론가 달려가고 있다. 이런 몽글하고 말랑한 마음이 드는 날엔, 오늘을 잃을까 덜컥 겁이 나기도 한다. 세상에는 소중한 것이 너무 많다. 지키고 싶은 것들도 너무나도 많다. 엄마와 아빠가 티격태격하며 장난을 치는, 저 소리를 영원히 들을 수 있으면 얼마나 좋을까. 저럴 때는 꼭 소년 소녀 같다. 여전히 자신들이 만난 처음을 떠올리는 사람들, 그 만남이 잘못되었다고 웃으며 말하지만 밤이 오면 꼭 붙어 잠에 드는 사람들. 바로 나의 부모님이다.

　부모님은 자칭 부부 안마사라며 내 이불 위로 와서는 등과 다리를 주물러주신다. 서른을 코앞에 두고 있는 딸에게 돌콩만 했는데 언제 이렇게 훌쩍 컸냐며, 계속 발을 만져주신다. 분명 웃음이 나야 하는 상황인데, 자꾸만 눈물이 날 것 같다. 베개에 얼굴을 묻은 채 다른 생각을 떠올리느라 고생했다.

　엄마와 아빠가 주무시면, 그때 나도 잠들어야겠다. 문을 열어 놓으니, 가을바람이 솔솔 들어온다. 오늘 밤 그들의 둘째 딸은 기분이 좋다. 여전히 소년 소녀 같은 그들과 함께여서.

행복 지수 ⎯⎯⎯⎯⎯

인생은 곧 여행이라 했던가.

그것이 인생이든, 여행이든
매번 즐거운 일만 일어날 수는 없겠지만
가끔씩 주어지는, 행복 지수가 100%로 꽉 찬 날은
있는 그대로 받아들여도 된다.

Q&A

여행 작가로 살아가다 보니, 여러 사람들에게 종종 질문을 받기도 해요.
그중 가장 많이 궁금해하시는 몇 가지 이야기들을 들려드릴게요.

Q1 여행을 왜 떠났나요.

우선, 처음으로 해외를 나간 이야기로 시작해야 할 것 같아요. 하고 싶은 말이 많지만 이게 자기소개서를 쓰는 일은 아니니 간단하게 이야기하는 편이 낫겠지요. 18살에 교환 학생으로 일본을 가게 되었어요. 하루는, 홀로 교정 밖을 걷는데 저 멀리서 바람이 보이는 거예요. 이 무슨 추상적인 말인가 하겠지만, 사실 바람이란 건 눈에 보이지 않는 존재잖아요. 그런데 멀리 보이는 드넓은 논에서 벼들이 마구 흔들리는데 거기서 바람이 보이더라고요. 그때 '여행은 이런 거구나.' 하고 생각했어요. 매일 보는 들판에서 바람을 만나게 해주는 일이라고요. 특별할 것 없는 내 하루에 기분 좋은 에너지를 불어넣는 일이 여행이구나 하고 생각했지요. 멋있게 말하면 꿈이겠지만, 생각하면 기분 좋아지는 행위가 생긴 거죠. 더 많은 곳에서 바람을 만나고 싶었어요. 그전에는 무대에서 춤추는 일을 사랑했는데, 이후부터는 여행에 대한 막연한 사랑이 생겼어요. 아무도 나를 모르는 곳에서, 눈에 보이지 않는 바람을 만나는 일. 그때부터 많은 곳을 여행하고 싶다는 생각을 했던 것 같아요.

Q2 첫 여행지는 어디였나요.

세계 여행을 떠나기 전 일본을 네다섯 번 다녀왔어요. 우리나라와 제일 가깝고, 언제라도 돌아올 수 있는, 치안도 크게 걱정하지 않아도 되니 혼자 여행하기 최적인 곳이라고 생각했거든요. 일본을 제외하고 나면, 첫 여행지는 아일랜드가 되겠네요. 우연히 영화를 한 편 보게 되었어요. 저는 영화광도 아니고 영화를 보고 무언가를 크게 깨닫는 사람도 아니었어요. 특히나 보고 나서도 우울한 영화는 굉장히 싫어하는 타입이에요. 그런데, 하루는 우울한 분위기가 물씬 느껴지는 영화 한 편을 만나게 돼요. 뭔가에 홀린 듯이 보기 시작했어요. 아일랜드를 배경으로 한 영화 〈원스〉. 금세라도 마음이 무너져버릴 것 같은 어둡고 외로운 집에서 기타를 연주하는 주인공을 봤어요. 너무 아름답더라고요. 마치 내 마음 같았어요. 나는 저렇게 어두컴컴한 집 같은 사람인데, 어쩌면 내가 원하는 삶은 주인공이 치는 기타 연주처럼, 듣기만 해도 행복해지는 삶이 아니었을까 하고요. 문득 아일랜드에 가고 싶었어요. 365일 중에 360일 동안 비가 내린다는, 그 아일랜드를 말이에요. 그리고 여행 준비를 하면서, 아일랜드로부터 퍼져 나가는 저가 항공이 너무도 잘 갖춰져 있다는 것도 알았죠. 6개월 동안 학원을 등록하면, 6개월간 머물 수 있는 비자를 준다는 사실도요. 게다가, 이곳은 너무 유명하지도 또 낯설지도 않다는 것까지. 완벽했어요. 여러 가지로 꽤나 매력적인 나라로 떠나게 된 거예요.

Q3 여행 중 사진은 누가 찍어주나요.

제가 가장 많이 들었던 질문 중 하나일 거예요. 사실 저도 누군가의 사진을 보며 어떻게 혼자 여행하며 저렇게 사진을 잘 찍었을지 궁금한 사람 중 한명이기도 하고요. (웃음) 거두절미하고 사진 중 90%는 제가 찍은 거예요. 그래서 많이 부족해요. 아, 삼각대는 일을 시작하면서 썼어요. 그전에는 삼각대를 들고 다니는 것 자체가 사치였거든요. 삼각대를 들고 다니면 무겁고, 귀찮기도 하잖아요. 그래서 주로 의자나 펜스 등 카메라를 받칠 수 있는 곳에 두고 셀프타이머와 연속촬영을 설정해 사진을 찍는 편이에요. 그럼 누군가가 찍어주는 것보다 덜 부끄러우니 자연스러운 사진이 나오고, 여러 장 중 한 장 선택하기도 좋거든요. 혹시나 마땅히 카메라를 놓을 데가 없는 곳이라면 누군가에게 부탁을 드려요. 부탁을 할 때는 저만의 방식이 있는데요. 제가 먼저 "사진 찍어드릴까요?" 하고 여쭈어보아요. 제가 상대방을 열심히 찍어드리고 나면, 상대방도 저를 찍어주겠다고 말씀하시거든요. 그래서 사진을 찍다가 친구가 된 적도 많아요.

Q4 좋아하는 일이 직업이 되는 삶은 어떤가요?

종종 직업으로서의 좋아하는 일, 즉 좋아서 시작한 일로 돈을 벌고, 좋아하는 행위를 이어 나가는 삶이 어떠하냐는 질문을 받고는 해요. 멀리서 보면 희극이고 가까이서 보면 비극이라는 찰리 채플린의 말도 있잖아요. 그것과 살짝은 비슷하다고 이야기할 수도 있겠네요. 장단점이 너무나 확연히 나뉘어서 그 단점을 이겨낼 만큼 좋아하는 일을 사랑해야만 이 길을 걸어 나갈 수 있을 거라 생각해요. 자유와 안정을 뒤바꾼 삶이랄까요. 좋아하는 일을 직업으로 갖고 살아가는 이들이라면 행복한 만큼이나 고민도 함께 안고 살아갈 거예요. 매일 밤 좋아하는 일과 해야 하는 일 사이에서 방황을 한다는 사실도요. 세월이 흐를수록 고민의 시간은 더욱 많아지고, 이렇게 살아갈 수 있을지에 대한 불안이 닥쳐오지만, 그래도 내가 살아온 길들을 돌이켜 보며 믿어요. 결국엔 나는 이렇게 살아갈 것이고, 이렇게 살아 행복한 사람이라는 사실을요. 이 여린 다짐과 희망의 힘으로 이겨내요. 내가 이렇게 살아가기 위해 무엇을 내려놓아야 할지 매일 밤 생각해요. 언젠가 제가 이렇게 살 수 없는 날이 올 지도 모르겠지만, 그래도 인생의 많은 순간들을 후회 없이 살았다고 칭찬해주고 싶어요. 생각보다 행복과 만족은 별것이 아닌 것들로부터 나오니까요.

Q5 여행에서 가장 중요하게 생각하는 건 무엇인가요.

실제로 제가 여행에서 가장 중요하게 여기는 건, 아름다운 사진도 좋은 일만 일어나길 바라는 것도 아닌 이 여행을 떠나게 된 이유와 목적을 잃어버리지 않는 것이에요. 여행을 준비하다 보면 욕심이 생겨 이것도, 저것도 모두 하고 싶을 때가 있거든요. 그러면 정작 진짜 중요한 것을 놓치는 순간들이 많더라고요. 그래서 여행을 떠나기 전 계획을 짜거나, 여행 중 많이 외롭고 힘든 날에는 늘 이 순간을 위해 살아왔던 나의 모습을 떠올려요. 지금이 얼마나 꿈꿔왔던 순간이었나 하고 말이에요. 그래서 홀로 여행하는 동안 숱하게 만났던 외로움도 나름대로 잘 이겨낼 수 있었던 것 같아요. 그리고 다음은 안전! 여행도, 휴식도 좋지만 제일 중요하게 생각하는 건 무엇보다 건강하고 안전하게 귀국하는 일이에요. 그렇기 때문에 여행을 떠나기 전에는 그 나라에 대한 공부도 많이 하고, 저만의 규칙을 분명히 세워 여행하는 타입이에요.

꽃이 찬란해 온 교정이 생기로 가득 찬 학교에 등교를 하면서도 나는 봄이 온 줄을 몰랐다. 파란 하늘이 몇 번이고 더 뜬 다음에야, 아 이제 여름이 오려나 보다, 생각했다. 그렇게 의미 없이 학교를 다니면서도 유일하게 내 마음의 계절을 만나던 곳이 있었는데, 도서관이었다. 온 세상의 책으로 가득 찼던 그곳에는 늘 텁텁하고 산뜻한 공기가 공존했다. 내가 자주 앉는, 사람들이 많지 않은 한적한 그 자리에서 나는 가고 싶은 여행지의 책을 보거나 혹은 여행을 다녀온 이들의 이야기를 보곤 했다. 차가운 시멘트 바닥에 앉아서도 내 몸은 이미 여행 중이었다. 그렇게 누군가의 이야기를 사랑했다. 그들의 삶을 존경했고, 부러워했다. 서로 본 적도 없지만 나는 그들의 이야기로 위로받았고 또 나아갔다. 여행과 글을 사랑하는 사람으로서, 그 시간은 유일한 나의 하루이자 여행이었다.

조금은 욕심이었겠으나 나도 그런 사람이 되고 싶었다. 내가 세상을 만나며 알게 된 이야기들, 새로운 감정들, 그 이후의 내 삶까지. 또 다른 세상을 꿈꾸는 누군가와 함께 위로하고 나누고 싶었다. 글이라는 건 읽고 끝나버리는 것이 아니라 읽고 난 후 생각을 덧붙이는 과정이라고 했다. 내가 좋은 글을 썼다고 이야기할 수는 없지만, 이 글을 보는 당신의 오늘에 내가 조금이나마 함께할 수 있었을까. 이듬해 좋아하는 계절을 걷는 당신의 여행일까. 설레고, 과분하다.

2년 6개월 만에 다시 글을 썼다. 조금은 더 무거웠고, 어려운 과정이었다. 내가 써 내려간 이 고뇌와 사랑으로 도배된 이야기들이 모든 이를 만족시킬 수는 없겠지만 나와 감정선이 같은 여러 동행들을 만나 누군가의 가방 속에서, 누군가의 책장 안에서, 또는 누군가의 꿈 안에서 살아가길 바란다. 그렇게 우리는 함께 여행을 하고, 우리가 좋아하는 계절을 걸을 것이다.

2019년, 벌써부터 무더운 6월의 저녁에.

세상의 무수한 사랑으로 가득 찬 스물과 스물아홉 그 사이.

내 두 번째 청춘의 기억을 마무리한다.

당신의 계절을 걸어요

1판 1쇄 발행 2019년 7월 22일
1판 4쇄 발행 2021년 6월 30일

지은이 청춘유리(원유리)

발행인 양원석
편집장 차선화
책임편집 윤미희
영업마케팅 양정길, 강효경

펴낸 곳 ㈜알에이치코리아
주소 서울시 금천구 가산디지털2로 53, 20층 (가산동, 한라시그마밸리)
편집문의 02-6443-8854   **도서문의** 02-6443-8800
홈페이지 http://rhk.co.kr
등록 2004년 1월 15일 제2-3726호

ISBN 978-89-255-6723-5 (03810)